団地のふたり

藤野千夜

双葉文庫

団地のふたり

目次

第一話　山分けにする

1

月に一度、ダンボール箱いっぱいに旬の野菜が届く。

たとえば今月は、茨城県小美玉《おみたま》市産のキャベツと紅はるか。同じく茨城県産、結城《ゆうき》郡のレタスと鉾田《ほこた》市の水菜。北海道からは富良野《ふらの》の人参、美幌《びほろ》町の玉ねぎ、勇払《ゆうふつ》郡のブロッコリー、帯広《おびひろ》市のメークイーン、など。

ほかにも熊本県山鹿《やまが》市の大長《おおなが》なす。埼玉県久喜《くき》市のマスタードグリーン。長野県は中野市の特大なめこ、千曲《ちくま》市の高原やまぶし茸。同じく長野県から安曇野《あづみの》市のりんご＝シナノスイートや、愛媛県宇和島《うわじま》市からの極早生《ごくわせ》みかんといった、みずみずしい果物もいっしょに入っている。

おいしく食べられる期間も考えれば、いくら自炊派とはいえ、現在ひとり暮らしの桜井奈津子《さくらいなつこ》にはかなり持て余しそうな分量だったけれど、それでも彼女がこだわりの野菜通販サイトで、お得な定期コースに加入しているのは、いつもふらっと訪れる友だち、幼なじみのノエチこと太田野枝《おおたのえ》が、毎月、うれしそうに野菜を持ち帰ってくれるからだ。

べつに約束なんかしていなくても、週に三度も四度も、ノエチは姿を見せる。多ければ五度も六度も。なんなら毎日だって。だから、いつ荷物が届いても、まず新鮮なうちに野菜を手渡すことができた。

「マスタードグリーンって？」

「からし菜、西洋種の」

「へえ、どうやって食べるの」

「お肉を巻いて食べるとおいしいって」

「サンチュ的な？」

「だね。ピリッと辛いみたいだけどね。あと、炒めてもいいみたい」

野菜の詰まったダンボール箱には、ひとつひとつの保存方法や、だいたいの消費期限、特長、おすすめの調理法なんかを一覧表にした便利な紙も入っている。毎月ひとつかふたつ、この近所ではあまり見かけない、もし見かけても自分からはすすんで手に取らないような、めずらしい野菜が届くのもひそかな楽しみだった。

「帰りに半分持ってってね」

玄関先で、まずダンボールを開けて見せた奈津子が言うと、

「うん、いっつも悪いね。やっぱり、半分お金はらうよ」

髪をひっつめ、太いフレームのめがねをかけたノエチが、毎月の決まりみたいに、堅苦しいことを口にした。

「いいって、いいって。どうせひとりだと余っちゃうんだし」

「そう?」

堅苦しいわりに、あっさり引き下がるのも、いつも通りだった。「じゃあ、こんどアニキの宝箱から、なんかガラクタ持ってくるから、それ、適当に売っちゃってよ」

「それは大歓迎」

いつもダボッとしたパーカーにゆるパン。ほぼ家にいる奈津子にとって、ネットオークションやスマホのフリマアプリで、物を売り買いするのはお手のものだった。

自宅の不要品は基本売りに出すようにしていたし、ねえ、なっちゃん、これ売れな

いかしら、とご近所さんから物を預かることも多かったから、奈津子のアカウントやショップに、出品が途絶えることもない。仕事帰りのノエチがふらっと部屋を訪ねて来て、奈津子が留守にしているのは、大抵「お品物」の発送に出ているときだった。それも徒歩数分のところにある、郵便局かコンビニで済む。

「おばちゃんは、いつまで静岡なの？　大丈夫？」

家の事情もよく知るノエチが聞く。母の針仕事の定位置、玄関脇の和室にちらりと視線をやって廊下をすすむ。

「なんか、のんきにやってるよ。久々の地元で楽しそうだし。娘がえりしてるのかもしれない」

奈津子が3ＤＫの団地でひとり暮らしをしているのは、同居している母親が、親族の介護でしばらく郷里に帰っているからだった。

しばらくと言いながら、もう一年近くになる。

もちろん、要介護の老人の世話がのんきで済むはずがなかったし、娘がえりというのは奈津子の適当な造語だったけれど、母自身、今年の春には七十歳をむかえたはずなのに、そんな年齢とは思えないくらい、電話での声が最近ほがらかで、若々しいのは間違いない。

子ども時分に世話になった叔母さんと、数十年ぶりの暮らしをして、やっぱり娘気分にもどっているのか。

おだやかに物を忘れていっている、というその叔母さんと、日々、消えて行く昔話に花を咲かせているのか。

あるいは独身時代を過ごしたなつかしの地では、今までと違う時間が流れているのかもしれない。

奈津子はときに、ぼんやりそう思うのだった。

2

届いたばかりの野菜は、なるべく素材そのままを味わいたい。

「野菜焼き、食べる？」

ノエチに訊くと、

「食べる」

とうれしそうに答えたので、人参、玉ねぎ、メークイーン、紅はるか、大長なすを薄切りにして、塩こしょうと香草のシンプルな味つけで、野菜焼きにする。

あとは、豆腐と特大なめこのお味噌汁をつくり、土鍋でご飯を炊いた。

よそったばかりのご飯とお味噌汁から、白く湯気が立ち上っている。ノエチとふたり、お茶の間のちゃぶ台に向かい、いただきます、を明るく言う。きつく焦げ色のついた野菜も、中はほくほくで、ジューシー。甘く、自然な味がする。

新型コロナ以降のルールをきちんと守りながら、おたがい今日最新の嫌なことを話して憤《いきどお》ったり、嘆いたり、茶化して笑ったりしながら気持ちをほぐす。


昭和三十年代の半ばに建った団地は、築六十年になる。

古いデザインなので棟と棟のあいだはゆったりと広く、花壇や住人用の菜園のスペースも多くとられている。小さいながらも集会所があり、公園が二つもあり、駐車場だって広い。団地脇の商店街を通り抜ければ、すぐに私鉄の駅もあった。

ただ、住まいのある十何棟はどれも、エレベーターのない四階建てで、昇降には不便だった。幸い奈津子の家は一階だったけれど、三階以上の、とくに高齢の住人にはツラそうに見える。

十数年前に建て替えの計画が持ち上がってからは、大規模な修繕工事は行われず、汚損した箇所をその都度補修するばかりだったから、実際のところ、さすがに年代物、朽《く》ちた建物の印象は拭《ぬぐ》えないかもしれない。

室内も当然、基本は昭和の団地仕様だった。板の間と畳の部屋が三つ。素っ気ない流しと洗面台。ガスコンロとシンプルな換気扇。一度交換したはずだけれど、昭和感のただよう白い湯沸かし器。

物心ついてから、いっしょに年を取ったから、そんなに古いとも今さら思わなかったけれど、もし自分が今若ければ、ここに住むのは嫌かもしれない。

一度、奈津子がしみじみそんなことを口にすると、

「前に住んでたお隣さん、おんぼろ団地に住んでるって子どもが学校でからかわれるから、って引っ越したよ。それが、もうだいぶ前だけど」

ノエチが教えてくれた。そのお隣さんは、奈津子たちよりも下の世代だった。

建て替えの計画は、なんだか予算のことと、立ち退く住民への補償のこともあって、開始がだいぶ遅れていたけれど、敷地内にあった保育園もすでに移転してしまったし、賃貸で新たに住人を入れることもやめて久しかったから、もうずいぶん前から空き室が多くなった。

そもそもファミリー向けの団地だったのに、昭和の子どもが成人して出て行き、平成の子どもたちも出て行き、今は連れ合いに先立たれた高齢の単身世帯も少なくない。

奈津子の家は、たまたま娘が出戻って同居しているけれど、親は完全にその第一世代だった。

ノエチの家は、両親とも健在だけれど、年齢的には、ふたりとも奈津子の母親よりも上だった。ノエチによれば日々いろいろ口うるさくて、そのくせ隙あらば甘えようとする年頃に入ったそうで、それも彼女がしょっちゅう奈津子の家に入りびたる理由のひとつになっている。

ドリップ式のコーヒーをいれ、買い置きのひとくちバウムをデザートに出すと、ノエチとふたり、録画してあったBSの「断捨離」番組を見た。

断捨離のエキスパートの女性が、うまく片づけられない、モノだらけの家を訪ねて、あらあら、と驚き、うんうん、と話を聞き、でもさあ、と問題点を指摘し、そっか、わかった、とほんの少しだけ住人の気持ちをくみつつ、だったらこうしよう、と提案し、すっきりした未来の部屋を想像させ、諭《さと》し、励まし、よし、やってみようか、と住人自身にモノを減らさせる娯楽番組だった。

「いやいやいや、これくらいはたいしたことないよね」とか、「捨てない！　そのお皿は捨てないって」とか、「この娘、感じ悪くない？」とか、「でも両親が亡くなって家の中を片づけるの、結局この娘だもんねえ」とか、「おじいさんって、なんでいきなり怒るんだろう」とか、我が身のだらしなさをちょっと脇に置いて、人の家の様子にあれこれ口をはさむのに、古くからの友人はうってつけの相手だった。

今さら気取ったり、いい人ぶったり、好きなものを好きでないふりをしたりと、なにかを取り繕う必要もない。

なにしろノエチとは、保育園のときからの友だちだった。今は移転してしまった、あの団地内の保育園に通っていた。

小学校も中学校も地元の公立で、ずっと一番の友だちだったから、おたがいの小さな恥も誇りも、本気だった初恋のゆくえも、ほとんどその場で目にしている。

その後はべつの高校へ進み、進学や就職、事実婚のパートナーとの同居や、つづかなかった結婚など、それぞれの道を歩んだけれど、まず友情が途切れたことはなかったし、さほど遠くに住んだこともなかった。

そして今はまた同じ団地の実家にどちらも住んでいて、こうして始終顔を合わせている。

おたがいもう五十になったから、つまりそれだけの付き合いになる。

「あ〜、今回は先生じゃなくて、行くのは弟子のほうか。これは今いちだな」

録画した断捨離番組では、いつものエキスパートの先生は家の様子をリモートで見ているだけで、直接現地を訪れてアドバイスするのは、門下生だという別の女性だった。

「受け売りっぽいもんね、先生の」

「でも、門下生もこうやって教える側に立てるのって、教室のいい売りになるよね」

「家元《いえもと》制だね。断捨離道」

もはやノエチが自分か、自分がノエチかという間《ま》で、そんなことへの文句をぽんぽん言って笑える友は、やはり気楽でいい。

門下生のアドバイスは、思った通り、どこか先生の借り物めいていて頼りなく、そのくせ自信を持って言い切るスタイルなのが、口の悪いふたりの視聴者には不評だった。

もちろん、それをぶーぶー言って楽しむのだったが。

「あ。コーヒーもっと飲む?」

「飲む」

カラのマグカップをノエチがすっと差し出し、それを手に取って奈津子は立ち上がった。

奈津子はむかしから、コーヒーを飲むと心臓がばくばくするので、決して外では注文しないのだけれど、自宅で、ノエチといっしょならと、たまにドリップ式のをいれて楽しんでいる。

粉はこの前、ノエチと行った烏山《からすやま》の商店街で、専門店の若い店員さんにあれこれ質問しながら、それぞれに好みの豆を選んで五〇グラムずつ挽いてもらった。代金は折半。そしてどちらもノエチが遊びに来たとき用にと奈津子が持ち帰った。

さっきの一杯目はノエチの選んだ粉を使ったけれど、今度の二杯目は奈津子がセレクトしたのをいれて出す。

学生時代、喫茶店で長くバイトをしていたから、自分はほぼ飲まないくせにコーヒーのいれ方には自信がある。テレビももう終わったので、二杯目は、テラス風にしつらえたベランダに出て飲むことにした。椅子とテーブルを置き、ランタンを下げてある。すぐ先にある団地の庭が借景《しゃっけい》になって、とても贅沢な空間に見える。

「一杯目と、どっちがおいしい？」

ノエチが三口ほど飲んだタイミングで聞くと、

「こっち」

ノエチが答えたので、意味はないけれど奈津子はちょっと勝った気分になった。

3

団地の保育園は、六、七年ほど前に隣町に移転した。

以前は敷地のなかほどに、一階がすべて保育園になった棟があったのだ。よその棟では前庭や植え込みとして利用しているようなスペースを、その棟では低い柵で大きく囲って、すべて園庭にしていた。

そこにすべり台や鉄棒といった遊具が設置され、夏に子どもたちがばしゃばしゃと水遊びのできる浅いプールもあった。

奈津子はそこでノエチと仲よくなった。

保育園でできた、最初の友だちだった。ノエチはそのころから利発な子で、気がきき、人にやさしかった。本が好きで、『いやいやえん』を毎日お母さんに読んでもらっていると言った。

そしてもうひとり、空《そら》ちゃん、という女の子とも仲よくなった。ノエチと三人で、いつも遊んでいた。

性格のおだやかなおっとりとした子で、

「空ちゃん、早く早く」

と急《せ》かさないと、どんどん奈津子たちから離れてしまう。気がつくとしゃがんで花を摘《つ》み、立ち止まって木の枝を見上げていた。

「空ちゃーん」

離れたところから、なんべん声をかけたことだろう。そのぶん、花の名前には、三人で一番詳しかった。

奈津子の家は九号棟の一階。

ノエチの家は十号棟の三階。

空ちゃんの家は、三号棟の四階だった。

移転したあとの保育園だった場所は、今、閉鎖されている。

たとえ短期間でも、新たになにかに利用する気はないのだろう。

知らずに見れば、やはり取り壊される団地の、象徴的な一角と感じるのかもしれない。

さびついた遊具や、水のはられていないプールはそのまま。最低限の手入れだけはしているのかいないのか、木々の枝も雑草もずいぶん伸び、園庭側からは、建物に入れないよう板が打ちつけてあった。

オカルト好きな年頃なら、夕暮れ時には素敵な心霊スポットに見えるかもしれない。でも、奈津子はその棟の脇を通るとき、なつかしく、甘酸っぱく思うのだった。

一階のサッシ窓だった場所をおおう板を見て、あの向こうがみんなのお部屋だったのに、とよく目を細めた。

ノエチと毎日遊んだし、なによりその保育園は、幼い頃に亡くなった友だち、空ちゃんと知り合った場所だった。

「空ちゃんが今もここにいて、遊ぼう、って言ってる気がするね」

ノエチと話したのは中学生のときだっただろうか。その頃はまだ保育園にも活気があり、園庭で子どもたちがたくさん遊んでいた。

空ちゃんが亡くなったのは小学校に上がってからだったけれど、そこから少し時間が経って、記憶の中の空ちゃんの年齢も、自在に動くようになっていたのだろう。

本当は同い年なのに、自分たちよりも子どもの空ちゃんが、にこにこといっしょにくっついてくる。

やっぱり遅れ気味で、花の名前にくわしくて。


山分けの野菜を、厚手のエコバッグにたっぷり入れて、ノエチに渡した。

「重っ」

おどけた顔でノエチが言い、

「ありがとう、いっぱい。野菜焼きもおいしかった、ごちそうさま」

急にきっちりと挨拶をした。「こんど、本当にアニキのお宝持ってくるね」

さっきはガラクタと言ったけれど、いくらか格が上がったのだろうか。

「売れたら全部なっちゃんの取り分でいいから」

「え。いいの」

奈津子はすなおに喜んだ。ふだんは、人から預かった品物は、売り上げから送料を引いて、その半分をもらっている。かわりに値つけや画像のアップ、商品説明、購入者・落札者とのやり取り、梱包、発送まで奈津子が請け負《うお》っていた。

「あとでしめられない？　あつ兄に」

「いいよ、どうせもう、中身がなにかなんて、一個も覚えてないって」

ノエチのお兄さんは、とっくに結婚して家を出ていたけれど、独身時代の持ち物が、いまだにダンボール箱いくつかに残された状態とのことだった。

以前、ノエチのお母さんが引き取りを打診すると、露骨に不機嫌になったそうで、思春期には、団地内でもやんちゃで有名だった長男。勝手に捨てて親子げんかになるのも面倒くさくて、押し入れに放置したまま二十五年とかになった。

その箱をアニキの宝箱だとか、タイムカプセルだとか呼んでいるノエチは、わりと最近になって、その置き土産について、本人と話したらしい。

「アニキだって、もう捨てたモノのつもりみたいだったから、平気平気。なんか売れるのあるかもよって教えても、へえ、じゃあ勝手にどうぞ、って感じで、興味うすそうだった」

「いいんだ、もう。むかしは怒ったのに」

「なんか、しみじみと、おまえら呑気《のんき》でいいなあって笑われたよ」

「おまえら、って、まさか私も？」

「メインはなっちゃんだと思うよ、私はどっちかって言うと、神経質な妹だから」

発送する品物が用意できたので、奈津子もいっしょに部屋を出た。

「なにが売れたの」

ノエチに訊かれ、品物を教える。

「へえ、そんなのが売れるんだ」

「売れるねえ、わりとへんなものでも。ねばると」

「ふーん、今それをほしい人がいるんだ。令和なのに」

「いたね」

昇降口の脇にかたまった銀色の郵便受けには、何カ所もみどりの養生テープが貼られ、空き室へのチラシやＤＭの投函を防いでいる。

見上げる建物も、明かりの消えた部屋が四割ほどだった。

「あつ兄、社長だもんね、すごいよね」

空に浮かぶ星を見るように奈津子は言う。

「うん、社長の娘と結婚して、ちゃんと修業したみたいだよ、経営者の」

妹のノエチも、そこは認めているようだった。

「お父さんに怒られて、夜、ずっと公園のブランコに座ってたのにね」

奈津子はむかしの、やんちゃな少年の姿を思い出した。

「植え込みの横で、バイクの改造したりね」

「してた！　あと、なんか、すごいキレイな彼女といるのも見た」

「いたいた。結構モテるんだよね、ああいうのが」

それは理解できない、といったふうにノエチが首をふる。でもこの団地を出て成功しているのは、「ああいう」お兄さんのほうだった。

ずっと勉強ができたノエチは、学者を目指して大学院まで進んだけれど、思うように大学で職を得られず、やっとうまく行きかけたときに学長派の教授との不倫を疑われ、学長派なのでお目こぼしがあるかと思ったらあっさり切られ、職場にいられなくなり、今はべつの学校で非常勤講師の掛け持ちをしている。

絵の好きだった奈津子は、短大を出てイラスト描きの仕事をはじめ、一点五〇〇〇円の通販カットからキャリアを積み、一時は大手ファッション雑誌のカラーページや単行本のカバーイラストなどもつぎつぎこなして、だいぶ羽振りがよかったものの、景気が冷えて業界が渋くなったのか、絵柄が飽きられて時流に合わなくなったのか、近ごろは年に数点しか依頼がない。

今、日々の営みのメインは、やはりネットでのお取引と、ご近所さんに頼まれたおつかい、あとは少しばかり持っている優待株の売り買いだった。

むかしから電車が苦手なので、遠出するのは、ほぼ自転車に乗っていける範囲に限られている。区役所や釣り堀のある大きな公園、大きな町の商店街なんかだ。

さらに遠く、どうしても、という場所があるときは、ノエチがお父さんの車を運転して連れて行ってくれる。

そうやって助け合うふたりだった。そのぶんノエチは奈津子の家に入りびたって、日々へこんだ心をぷーぷーと膨らませてもらっている。

それをしないと、うまく次の日を迎えられないという。もちろん、うまくいってもいかなくても、次の日は勝手に来てしまうのだったが。

「だいじょうぶ。ノエチのいいところも悪いところも、私、知ってるから」

ひとりごとめかして奈津子が言うと、

「同じ」

とノエチが応じた。

「誰がどういう悪口言うのかも、もうわかってるけど、いいよね、そういうの」

「いいよ」

もう四十何年の付き合いになる友だちと、またね、と十号棟の前で別れた。

亡くなってだいぶになる、小さな空ちゃんが、たぶんふわふわと奈津子といっしょに歩いている。


スマホのフリマアプリで売った品物は、コンビニのレジで簡単に発送ができる。バーコードをぴっと読み取ってもらい、包みに貼って手続き完了だった。

「じゃ、よろしくお願いします」

愛想よく言って一旦レジを終え、それからあらためて店内を一周する。毎日のように来ているのに、開店早々みたいにいちいち全部の棚を見るのが奈津子のコースだった。

今日のお品物はそうでもなかったけれど、一体だれがこんなものを、といったものも、これまでにもたくさん売りさばいてきた。

雑誌の付録だった『ホワッツマイケル』の携帯アンテナのマスコット（着信すると光る）は、意外な人気なのか即売れしたし、ダンナの遺品なんだけど、という昭和エロスの写真集や、どこかでもらった焼き肉のタレのキーホルダー、などなど、さすがに無理と思った品にもやがて買い手がついた。

日本中に欲しい人がひとりいればいい、というのは、素敵なシステムだと奈津子はたびたび思った。いくら売れそうにないものでも、世間でだれかひとりくらいは、興味を持って探しているかもしれない。ひとりだけいればいい。そのひとりに届けばいい。

長く売れなかった品物に、ふと買い手がつくと、その思いはなお強くなった。

そしてスマホにたまった売上金の一部をつかい、今日も奈津子はコンビニでパンをひとつ買った。

○本日の売り上げ
パラッパラッパーの大判ハンカチーフ五〇〇円。

藤原竜也写真集『persona』九九〇円。

〇本日のお買い物
こだわりの野菜通販（定期コース）二九八〇円。
はみでるバーガーメンチカツ（ソース&からしマヨ）一四五円。

第二話

お兄ちゃんって最後に呼んだのはいつ？

1

たまには馴染みの喫茶店にモーニングを食べに行く。

午後から仕事のノエチをさそい、朝のうちに家までむかえに行くと、まだ少し支度《したく》にかかりそうだった。

「ちょっと上がって待ってて。アニキの宝物でも見ててよ」

家の中に招かれたので、奈津子はちょっと上がることにした。ダイニングにお母さんとお父さんがいて、ピーセンをつまみながら、ずるるとお茶を飲んでいる。

「なっちゃん、いらっしゃい。この前の野菜、ありがとう。おいしかったよー」

「いらっしゃい。久しぶりだねえ」

ふたりにつづけて挨拶をされて、立ったまま短く話をした。天気のことだとか、病院のことだとか、団地の梨の木のことだとか。あとはお父さんの車を使って、ときどき遠出をさせてもらっているお礼を言う。そういえば近ごろはノエチのほうばかり遊びに来て、奈津子が彼女の家に上がるのは久しぶりだった。

結婚して五十数年、夫婦の大きな危機もなく、ほぼずっと仲が良いという奇跡のようなノエチの両親は、だいぶ前に揃って髪を染めるのをやめ（そう宣言した日があったらしい）、今ではふたりとも、きれいなシルバーの髪をしている。ＹｏｕＴｕｂｅで古い歌謡曲の動画を見るのと、この一、二年はコロナでご無沙汰だけれど、行き先が伏せられた日帰りのミステリーバスツアーに参加するのが、七十歳を過ぎてからの夫婦の楽しみだと言った。

「なっちゃん、お茶飲むでしょ。今、いれるね」

「おばちゃん、いい、いい、すぐに出かけるから」

「なっちゃん、こっち」

ノエチに手招きされて、奈津子は奥の和室に入った。

ノエチのお兄さんの置いていった荷物は、その和室の押し入れにある。団地の間取りは棟によってだいぶ違ったけれど、奈津子の家とノエチの家は、どちらも３ＤＫで、似たタイプだった。

むかしお兄さんの部屋だった和室には、今はお母さんの衣装箪笥《だんす》や鏡台、使わなくなった健康器具や旅行用のスーツケース、扇風機やファンヒーターや電気ストーブといった季節家電なんかが置かれている。

もし断捨離の先生が訪ねて来たら、最初に狙いをつける部屋だろう。

押し入れの下の段に押し込んであったダンボール箱のうち、マジックで○にAと書かれた小さめの一つを、ノエチが引きずり出してふたを開けた。

「見て、アニキの宝箱。あと二個あるけど、よさそうなの、とりあえずここに集めといた」

「わ、なめんなよって、〈なめ猫〉の免許証だ。有効期限、死ぬまで、って」

「売れない？」

「いいかも。最近は平成レトロが人気だって言うけど、昭和レトロもまだいけるよ！」

「これはゲーム電卓だって。ネットで調べたんだけど」

「電源入るの？」

「電池替えたら、いちおう点《つ》いたよ。使い方はよくわかんないけど、ボクシングのゲームができるみたい」

「へええ」

「あと、アニキがフォークさんだったときに買った楽譜」

「あつ兄、ヤンキーだったのに！」

「みんなギター弾いてたからね、あの時代。アニキも団地なのに夜中まで弾いて歌って、うるせえってよく怒鳴《どな》られてたよね」

「やんちゃだ」

「とりあえず、出品できそうなの選んじゃって！　好きなの何個でも持ってってって」

ノエチが支度に戻ったので、奈津子はひとまず家に持ち帰ってもよさそうなものを選抜した。まあまあガラクタ揃いのようで、その点はむしろ安心した。

いかにも価値がありそうな品よりは、売れなくて当然、売れたらラッキー、と思える品物のほうが、預かる身としては、もちろん気楽だし面白かった。

「袋、使って」

うまく刺さらないのか、左耳のピアスを神経質そうになおしながら、ノエチがわざわざトートバッグを持ってきてくれた。しかも三つも。さすがにそんなにたくさん、いきなり持ち帰らないだろう。

「これって、あつ兄が中学生くらいのときのもの？」

「うん」

ようやくピアスが、かっちりはまったようだった。「中学あたりから、十代いっぱいくらいいかな。ジッポーのライターは二十代かも。あ、吸ってたか、ずっと」

「よく取っておいたね」

「あったね〜ずっと。結局、捨てそびれたんだよ、母親が」

「断捨離の先生に来てもらおっか、一回」

近ごろノエチによく言われるセリフを、ここがチャンスとばかりに奈津子が口にすると、

「ん？　先生を呼ぶなら、なっちゃんちのほうが先だよね〜」

やはり言い返された。

団地だって建て替え寸前。奈津子はとっくに自分の中で断捨離をはじめていたけれど、こだわりやルールがきつすぎて、遅々《ちち》として進まない。たぶん傍《はた》からは、なにもしていないように見えるのだろう。さらに団地の人たちから預かった品物まで、玄関

脇の和室に積み上がっている。

それをすぱっと断ち切るのが、断捨離の教えだろうけれども。

ノエチのお兄さんのお宝は、ひとまず帆布《はんぷ》のトートバッグひとつぶんだけ預かって、いよいよ支度の済んだノエチとモーニングを食べに行くことにした。

「なっちゃん、なっちゃん、お茶、はいったよ」

おじゃましました、とダイニングを通るときに、ノエチのお母さんに言われ、

「おばちゃん、ごめんね、もう行かないと」

お母さんとの付き合いも長い奈津子は正直心苦しく思いながら答えたけれど、

「いらないって！　今から〈まつ〉に行くんだから」

娘のノエチは情け容赦なく、ぴしりと言った。

2

駅前の喫茶店〈まつ〉のモーニングのホットケーキは、二枚重ねの通常メニューと違って、一枚だけの提供だった。

ただ、ふわっと分厚い仕上がりだから、まだお昼前の、この時間帯ならそれで十分かもしれない。

きれいなきつね色の円が、大きな白いお皿のまん中にどんと構えている。

横にたっぷりそえられたホイップバターも、ガラスのディスペンサーに入ったメイプルシロップもそのままだ。飲み物はノエチがアイスコーヒー、奈津子はホットのレモンティーにした。

「おいし――」

中学生のころから通っているけれど、ホットケーキの味はずっと変わらない。折り紙付きのおいしさだった。

まず口あたりが、さくっとしている。

ふわふわとあっさりめの軽い味わいも、奈津子の好みにぴったりだった。ホイップバターを塗ったくって、そこにたっぷりのシロップをかける。

「うんまっ。絶妙においしいよね。幸せな気持ちになる」

「うん、おいしい」

出勤前のノエチも満足げにうなずいた。やはりバターをしっかり塗り、たっぷりのシロップをかける。それをぱくぱく、ぱくぱく食べ、ごくりとコーヒーを飲み、またぱくぱく、ぱくぱく食べ、ごくりと飲み、やがて一枚ぺろりと食べきると、ふう、と長く息をついた。

「もっと食べれる」

「食べなくていいから！　早く仕事行きなよ」

「行きたくない……サンドイッチにすればよかったかな」

モーニングのメインは、ホットケーキ、サンドイッチ、トーストの三種類から選ぶことができる。サービスタイムは十一時までだった。

「いやいや、やっぱりホットケーキでしょう」

「だよね」

「それに、どうせ学校ついたら、すぐお昼でしょ。学食行って、なんか食べたらいいよ」

「それまで持つかな」

「うそでしょ」

奈津子は笑った。「ご近所にこのお店があることに、感謝しなきゃ」

「うん」

駅前の喫茶店でぐずる友人をなだめて、五五〇円ずつを払ってお店を出た。

都心の学校へ仕事に行くノエチを改札まで見送って、自分は長く電車になんて乗らないくせに、

「がんばれ〜」

と奈津子は大きく手を振った。

重い荷物は一回家に寄って置いてきたから、いつも通り手ぶらだった。パチモノっ

ぽい鉄腕アトムのジビッツ（チャーム）を挿《さ》した、正規品のクリーム色のクロックスをはいている。

一〇〇均を覗《のぞ》いて、本屋を覗いて、スーパーのコゼキを覗いて、ちょこっと食べるのにちょうどいい、キンパの六個パックを買い、エコバッグを忘れたので備えつけのポリ袋に入れて、それを両手で持って団地に戻った。

建物と建物のあいだの広い道には、たくさんの街路樹が植わっていて、春には桜、秋には銀杏《いちょう》の黄色い葉や、まっ赤な紅葉が楽しめる。

空きのいっぱいある駐車場には、駐車禁止の金属ポールがずらりと並んでいた。棟ごとにある自転車置き場も、自動車ほどではないにしても、やっぱりすき間が多い。以前はそこに自転車がぎっちり詰まっていて、出すのがそこそこ大変だった。

九号棟の前まで来ると、手前の階段を、

「なっちゃん、なっちゃん。今いい？」

知り合いのおばちゃんが下りて来た。同じ棟の三階に住む、佐久間《さくま》のおばちゃんだった。ピンクのモヘアの帽子に、銀色のズボン。黒いスニーカーをはいている。

「ベランダの網戸が破れちゃったんだけど、そういう張り替えみたいのって、なっちゃん、できる？」

「えっ、網戸？　やったことない、けど」

そもそも、いつからなんでも屋になったのだろう。「破れたんですか？」

「そうなのよ～。なんにもしてないのに、風で」

「経年劣化ですかね。いつも頼んでるところとかって……ないんですか？」

「それが、やめちゃったのよね。前に頼んでた職人さん」

手頃な業者をインターネットで調べたらいい、とか、自治会のだれかに紹介してもらったら、とか、当たり前に思い浮かぶことを口にしても、きっとここではあまり意味がない。佐久間さんが言いたいのは、助けて、ということだろう。

「急がないとまずい感じですか？」

「ううん、もう秋だし、いつでもいいっちゃいいんだけど」

「じゃあ、一回見に行って、対策考えましょうか。えっと、今、見に行っても大丈夫ですか」

「本当？　助かるわ」

「ていうか、網戸って、勝手に張り替えていいんですか？」

「いいのよ、それは」

自分の親世代のおばちゃんが自信満々に言うので、奈津子は信じることにした。

「うわ〜、べろーんってなっちゃってる。これなら、ほとんど剝がす手間がなくていいですね」

破れたのはベランダに面した網戸の、下半分だった。まん中に桟《さん》があり、戸のサイズは奈津子の家と同じようだった。家には何度かお邪魔したことがあるけれど、網戸を気にしたのははじめてだった。

「風だけで、こんなに？」

「そう！　びっくりでしょ」

「そんなに強い風吹きましたっけ」

「吹いたのよ、急に」

今の網戸の状態を確認すれば、その場でできることはもうなかった。あとはおばちゃんのいれてくれたほうじ茶を飲んで、世間話をする。団地内の、最近の退出情報。何号棟の誰さんが引っ越したのよ、等。

あっという間に一時間ほどが経ち、徐々に小腹が空いてきた。スーパーで買ったキンパの六個パックが、無料のうすいポリ袋につつまれたまま、そこに置いてあるからかもしれない。

「これ、食べましょっか、キンパ。コゼキで買って来たんで」

「キンパって、のりまき?」

おばちゃんは、あらためて商品パックを不思議そうに見た。

「韓国風の」

「あら、そう。食べたことないわ。今、また人気あるんでしょ、韓国のドラマ。あと、あの若い男の子たち。きれいな顔の、歌手の」

「BTSのことですか」

「知らないけど」

おばちゃんは言いながら立ち上がり、上品なお皿を二枚出して置いた。「おしょうゆは、つけるの?」

「つけないで食べちゃいます」

「新しくお茶いれるわね」

ふだんから上品なおばちゃんが、日本茶をいれてくれて、キンパをつまんだ。三つずつ、ぺろっと食べてしまい、あとはやっぱり世間話。団地の共同菜園の話をする。九号棟の前にある、小さな共同菜園だった。

おばちゃんはそこで、トマトやハーブを育てている。

「ハーブなんて、いつ摘んでくれちゃってもいいからね。使うとき、勝手に持ってってよ」

「はい、よくもらってます」

前からそういう仲だったから、多少なにかを頼まれても、やはり文句は言えなかった。

「もし、私が難しそうだったら、だれか、友だちに聞いてみてもいいですか？　網戸のこと」

「うん。お願いするわ」

「わかりました、じゃあ近いうちに」

食べなかったお茶菓子のモナカをひとつお土産にもらうと、そう約束して奈津子は階段を下りた。

3

ノエチのお兄さんは、奈津子たちより四つ年上だった。地元の同じ公立小に通っていた。

ただ、奈津子とノエチが小三になったときには、もう中学に上がった。小五で中三。小六のときには高一。だから同じようでも、見てきたものや景色は結構違うのだろう。もちろん、性差もあるし、好みの違いもある。

午後はゆっくり音楽を聴きながら、部屋で出品の準備をした。

売れた「お品物」を発送するのと同じくらい、ネットのオークションやフリマへの出品には、気をつかうことが多い。

まず出品物の状態を確かめ、できるかぎり、きれいにする。汚れや傷みがあれば、その箇所を写真に撮って、はっきりと状態を説明する。機能や動作など、わからないことは、きちんとわからないと書く。

奈津子の思うところ、それが購入者・落札者ともめない第一の秘訣だった。買い手はつい掘り出し物と思い過ぎ、自分の思った状態に及ばないと、売り主にだまされたと簡単に恨むからだ。

ノエチの家から持って来たモノも、さっそくいくつか出してみることにした。やんちゃだったわりに、意外にもフォークさんだったというお兄さんの、古い楽譜の束をトートバッグから出した。もし古書店に持って行けば、一冊いくらほどで引き取ってくれるだろう。高くても……数十円くらいかもしれない。

電解水で表紙を拭いて、中に書き込みがないか確かめる。表紙と折れた箇所の写真。それから、曲目がわかるように目次、発行日と定価、版元が記された奥付も撮影する。

サイモン&ガーファンクルの楽譜があったので、ＹｏｕＴｕｂｅで曲を探し、連続再生をした。よく知っている曲も、はじめて聴く曲もある。ふたりとアンディ・ウイリアムスが向かい合い、「スカボロー・フェア」を歌う動画がとてもいい。

パセリ、セージ、ローズマリー&タイム。

楽譜の価値はさっぱりわからなかったから、とりあえず全部、強気の二九九九円でオークションに出すことにした。「フォーク、楽譜」で検索すると、思ったより高値がつけられていたからだ。ただし、高い値のものは、ほとんど売り買いされていなかったけれども。売れずに期限が来たら、どんどん値下げをすればいいだろう。

楽譜はフォークからシティポップ、歌謡ロック調のものもあり、その雑多な感じは確かに思春期っぽかった。五冊出品したところでおやつタイム。さっきもらったモナカでお茶の時間にした。

梱包用品や文具の類いは、もとから部屋にたくさんあった。奈津子は子どもの頃からノートやペンが好きだったし、十代、二十代ではラッピングマニアと呼ばれていた。今だってイラストの仕事をつづけているから、いくらオンラインでのやり取りが多くなったとはいえ、ずっと紙とは縁が切れない。

折曲厳禁、水濡れ注意、取り扱い注意など、発送用のオリジナルのシールも、自分でイラストを描き、大量に印刷してあった。

さっき〈まつ〉のホットケーキをぺろりと平らげたノエチの顔を思い出したら、じわじわ面白くなった。

あれは完璧なほど、仕事に行きたくない顔だった。もし音声がミュートされ、彼女の言葉が一切聞こえなくてもわかるくらいに。
メモ用紙に、青のボールペンでノエチの顔をさらさらと描く。ぷっと笑いながら。
リアルなタッチのノエチの顔の横に、
もっと食べれる。
絵手紙風の文字を添え、マステで壁に貼りつけておいた。

午後からの仕事なのに、もうへこたれたのか、ノエチは夜、奈津子の家を訪れた。

「いいの？　たまにお父さんたちと、ごはん食べなくて。寂しがってるよ、ここから歩いて一分なのに」

晩の献立を考えていた奈津子が言うと、

「いいの。あの夫婦、仲よくしてるから。ふたりの世界が好きなの。邪魔しない」

ノエチはさばさばと答え、おみやげ、と紙の手さげ袋を差し出した。

果実園リーベルのフルーツサンドだった。季節の柿サンドもいっしょに入っている。

「わおっ！」

奈津子は興奮し、急いでサラダを作り、厚切りのハムを焼き、ダージリンティーをいれた。

「やばいね。このバランス」

感激しながらノエチと食べる。極限まで薄いパンと、甘すぎない生クリーム。いちご、キウイ、マンゴー、パインがそれぞれの甘さと酸っぱさ、食感で存在を主張している。

そのステキなフルーツサンドのことは、断捨離番組と同じくらいマメに見ている、BSのお料理番組で最近知った。正確には、お店のことは前から知っていたけれど、中に入ったことはなかったし、フルーツサンドを食べたこともなかった。

グルメ雑誌の編集長が、お気に入りの店のメニューを教わり、自分でも作ってみるという趣向の番組だった。お店の人にまずお手本を示してもらい、つづけてフルーツサンドを作ったおとぼけ編集長（推定、五十代後半の男性）の、分厚く出しすぎてしまった生クリームの不格好さをノエチとひたすら笑い、食べたいね、と言ったのだった。

もちろん、本家のフルーツサンドのほうを。

柿サンドには、ぼってりと大きな実がはさんであり、その熟れ具合と、こちらは甘さを増した生クリームのバランスがこれまた絶妙だった。

しかもそれが税込み五〇〇円と聞いて、クオリティーのわりに安すぎる、とびっくりする。半分残してデザートにして、今度はゆっくりそれを味わいながら、ちょうど配信で見られるソフィア・コッポラの映画を流した。

ノエチは本来、その手のおしゃれ系監督の映画に目がなかったし、奈津子だって嫌いではない。ふたりとも未見だったその作品は、ハリウッドセレブの自宅に、たびたび盗みに入っていた高校生たちの実話をもとにした映画だった。

最初にセレブの邸宅に侵入した方法が、玄関マットの下に鍵が置いてあったから、それを使って、というのは、あまりにも手軽すぎて、きっと実話以外では描きづらいストーリーだろう。

鑑賞後、実際に被害に遭ったというモデル、パリス・ヒルトンについてスマホで調べ、靴のサイズ、28センチの情報に驚愕していると(映画の中でも、足が大きい、と触れられていた)、ちりん、とオークションの入札通知が届いた。

今日出したばかりの楽譜、五冊のうち一冊に買い手がついたらしい。

サイモン&ガーファンクル!

ではなくて、日本のフォークデュオ、ブレッド&バターの楽譜だった。

「見て！　入札された！　楽譜！」

すぐノエチにスマホの画面を見せると、

「まじで！」

と興奮した声で言ったくせに、目をしょぼつかせている。やはり五十歳。スマホに焦点を合わせるのに、苦労しているみたいだ。

「まじ！　二九九九円」

「さっき持って帰ったばっかりのやつでしょ」

「そう。あつ兄すごいじゃん、本当にお宝の箱だったよ、あれ」

奈津子はもう一度スマホの画面を見て、感心した。

奈津子の設定したオークションの期限は三日間で、売れなければ、そのままもう一度三日間。それでも売れなければさらに三日間。そうやって何回か出して売れなければ、一〇〇〇円ずつ値下げをしようと思っていた。

なのに、いきなりの入札だった。

しかも、他の四冊にも興味を持った人が多いのか、かなりの〈ウォッチ〉がついている。

「楽譜って、売れるのかも。え……もっとあったよね」

ノエチの家の押し入れを思い出して、奈津子は言った。

「あるよ。売る？」

「売る！」

もちろんそう答えると、まだしばらくぐずぐずしていたい様子のノエチを追い立てて、奈津子はノエチの家までくっついて行った。

「あら、いらっしゃい、なっちゃん。今日、二回目」

ノエチのお母さんがにこにこと出むかえてくれる。お父さんはお風呂に入っているようだった。


それから数日のあいだに、奈津子はたびたびノエチの家を訪れた。

お兄さんの宝箱を三つとも開け、楽譜ばかり、さらに二十冊以上を持ち帰った。

「でも、なんで、こんなに楽譜あるの？　あつ兄、自分で買ったの？」

奈津子がふと気になって訊くと、

「高校のときから、バイトしてたからね、ずっと」

ノエチは思い返すように言った。「あと、半分くらい、いとこのお下がりかな。お金持ちのいとこ」

「ひろし？　しげる？」

「しげる」

しげる君には、子どもの頃に奈津子も会ったことがある。

ともあれ、何度もそんなふうにお宝さがしに訪れ、

「あなたたち、最近なにしてるの？　こそこそ、ごそごそ、私の部屋で」

五十歳にもなって、ノエチのお母さんに怪しまれたくらいだった。

4

もし無理そうだったら、だれか男の友だちに当たってみようかと思ったけれど、「網戸、張り替え、ＤＩＹ」で検索してみると、女の人でも結構自宅の網戸を直しているようだった。わかりやすい張り替え動画が何件もアップされていたし、張り替え用の網や、用具も一〇〇均で扱っている。

「そんな感じでいいですか？　たぶん、いかにも素人っぽい仕上がりになっちゃうと思うんですけど」

共同菜園にいた佐久間のおばちゃんを見かけて訊《たず》ねると、

「いいの、それがいいの」

と、金子みすゞか相田みつをのように答えたから、じゃあ、それなら、と奈津子は引き受けることにした。きっとプロの業者を頼まずに、知り合いに簡単に直してもらいたいのだろう。

駅前の一〇〇均で必要なものを買いそろえ、次の日、休みのノエチも誘って佐久間さん宅へ行った。

いくら動画で見てわかったつもりでも、はじめて網戸を外して、張り替えるのだ。力仕事もありそうだったし、やはりひとりでは不安だった。

「あら、ふたりで来てくれたの？」

佐久間のおばちゃんは嬉しそうだった。

「どうぞどうぞ」と歓迎されて、中に入る。ベランダの前の板の間をあけておいてくれたので、古新聞を借りてそこに敷きつめ、ダイニングテーブルだけ、おばちゃんの力も借りて三人でちょっと動かした。それから軍手をはめて、ベランダでノエチと網戸を外す。

その手順も動画で確認済みだったけれど、たぶんひとりだったら、無理だっただろう。ベランダの網戸は、思ったよりも、もっと大きかった。

むやみにぶつけないよう、慎重に室内に入れた網戸を新聞紙の上に倒し、いよいよ張り替えの作業だった。

アルミの枠沿いに溝があり、そこにひも状のゴムをはめ込んで、網の端をぐるっと押さえている。

それが基本の網戸の仕組みだった。

押し込んであったゴムの端っこを、一〇〇均で買った専用道具で引っ張り出す。あとはぴーっと溝沿いに長いゴムを引っぱれば、破れた網戸の切れっ端も全部外すことができた。

ただ、途中でどこか無用な力が加わったのか、桟より上の網もぴりりと一直線に破れたので、結局、桟の上下とも網を取りかえることになった。

「ごめんなさい、上も破れちゃった」

横で見ているおばちゃんに謝ると、

「いいのよ、どうせ破れる寸前だったんでしょ、風で破れるくらいだから」

おばちゃんは軽く言って笑った。上のほうのゴムを、ノエチに外してもらう。椅子に座ったおばちゃんが、「千の風になって」を鼻歌でうたっている。

網は用意したぶんで足りそうだった。

あとの手順は、枠よりもちょっと大きめに網を切る↓ぴん、と張るようにそれをクリップで枠に仮留めする↓新しいゴムを溝にきちっとはめ込む。それだけだった。

仕上げに、ゴムの溝から外にはみ出したぶんの網を、サッシを傷つけないよう、刃先に気をつけてカッターで切り離しておけば万全だった。

ゴムを溝にはめるのも外すのも、一端にローラー、もう一端に剣先のついた、一〇〇均の道具で不足はなかった。

それでも予想した時間の倍ほどかかって作業を終え、ノエチとふたり、どうにか網戸をはめ直すと、おばちゃんに確認してもらった。

出来に不満はないらしい。

急いでゴミをまとめ、三人でダイニングテーブルを元にもどすと、

「ありがとう。ゴミ捨てるのは、私があとでやるから。ちょっと休んで」

おばちゃんは言い、用意した冷緑茶を出してくれた。それを、がぶりと奈津子が飲むと、横でノエチが、もっと大きな音を立てて飲んだ。

「やっぱり若いっていいわ〜、頼もしい」

しみじみと言うおばちゃんに、

「おばちゃん、私たち、五十だよ」

奈津子は安堵のため息とともに、笑って答えた。なんとか期待にはこたえられたようだったけれど、思った以上に大変で、ふだんは使わない力を使った気がした。明日か明後日に筋肉痛になりそうだった。

「ダメダメ、五十なんて、ここじゃまだ小娘よ」

「小娘って」

ノエチがくすっと笑う。

「だって、年寄りばっかりよ、ここ。女はまだあれだけど、男手って言ったら、おじいさんばっかりなんだから。とくに昼間は。なにかって言うと、すぐ威張るし、怒るし、骨折するし、今日みたいなことだって、簡単に頼めやしない」

佐久間のおばちゃんは日常の不満をぶつけると、

「ねえ、ピザ取らない？　おなかすいたでしょ」

と唐突に言った。「食べたくても、ひとりだとなかなか取れないから、ね、付き合って。ごちそうする」

奈津子はノエチと目でコンタクトして、

「はい、じゃあ、いただきます」

と答えた。

佐久間のおばちゃんはうれしそうに立ち上がって、チラシを手にピザ屋さんへ電話をかけた。注文を終えて、受話器を置くと、

「駅のとこにあったサルヴァトーレ、閉店しちゃったでしょ」

残念そうに言う。イタリアンレストランの名前をさっと出すあたり、よほどピザ好きなのだろう。

「息子夫婦に連れられて、ナポリに行ったことがあるのよ、一回。亡くなった夫もいっしょに」

と言った。「そこの石窯で焼いた、マルゲリータのピザが、もちもちでとてもおいしかったの」

その思い出もあるのだろうか、でも注文したのは四種類の味が楽しめる、お得なピザだった。

Lサイズのピザが届くと、おばちゃんはすぐに二きれ食べ、

「もう！　チーズって、なんでこんなにおいしいのかしら」

と感極まったふうに言った。そんなに？　と思うくらい、心のこもった口ぶりなのが微笑《ほほえ》ましかった。

「どんどん食べて、あなたたち。若いんだから、たくさん食べられるでしょ」

「あ、ええ。とくにノエチが」

奈津子は余計なことを言い、にらまれた。

そのピザをたっぷりごちそうになり、あとは実費と、ひとりあたり時給一〇〇〇円のお手伝いだった。

「いいです、いいです、お金は。ピザ、ごちそうになったから」

時給に関してはふたりで断ったけれど、いつの間に用意してあったのか、お年玉みたいなポチ袋をぐいぐい押しつけられ、いえいえいえと押し返し、ぐいぐいぐいと押しつけられ、じゃあ、ありがとうございます、とふたりとも受け取ることにした。

文具好き、キャラ好きの奈津子には見逃せない、かわいい絵柄のポチ袋だった。昭和の電器屋さんにあった、ナショナルの子どものキャラクターが描かれていた。

「ね、他のみんなに言っていい？　なっちゃんと野枝ちゃんが、網戸直してくれるって」

にこにこと玄関まで見送ってくれた佐久間のおばちゃんが、いたずらっぽく聞く。

「ダメです、ダメです」

と奈津子はあわてて答えた。

5

ブレッド&バターの楽譜は、結局、三六九九円まで上がってオークションを終了した。

最初のひとりのほかにも、ほしい人がいたようだ。

出品後、すぐに入札があったくらいで、騒いでいる場合ではなかった。

もちろん、これでますます奈津子の楽譜出品熱は高まり、しばらくはノエチの家から持ち帰った楽譜ばかりを出品していた。

一回数冊ずつ、管理しやすいタイミングで出品している間に、ゴダイゴ『CMソング・グラフィティ』の楽譜が五二七〇円で売れ、大滝詠一『ナイアガラボックス』の楽譜が二九九九円で売れ、クロスビー、スティルス、ナッシュ&ヤングが三四五〇円で売れた。

さらにＹＭＯのバンドスコアが一九九九円、レッド・ツェッペリンが一九九九円、山下達郎ギター弾き語りが一九九九円、佐野元春ベストソングが一〇〇九円と、微妙に値引きしながらも順調に売れ、きちんと入金もあり、奈津子は滞りなく発送し、よい評価もされ、これは楽譜バブルのおかげだろう、ずいぶん気持ちが大きくなった。

お取り寄せのおいしいものを、さっそくネットで注文し、

「ノエチ、今日はごちそうだよ、さっき、ちょうど届いたの。楽譜が食べさせてくれるよ」

と晩ごはんの支度をしていると、遅れて出品した楽譜のグループからも、また大きな売り上げが確定した。

「お！　また売れた。楽譜すごい！」

奈津子はスマホの画面を確認して、それをノエチに見せに行った。

また職場で嫌なことがあったとへこたれているノエチは、アロマランプを焚いて、照明を落とした部屋に横たわり、サイモン＆ガーファンクルの連続再生を静かに聴いていたようだったけれど、むくっと起き上がると、

「ビッグウェーブ来たねえ」

と言った。もちろん一緒にお兄さんの宝箱をさんざん漁《あさ》ったから、このあたりの商品に関しては、お、これは売れそう、ん〜これは売れないかも、等としっかり話し合ったものだった。

「来たね！　ビッグウェーブ」

奈津子もほがらかに応じた。「これまでの最高金額だよ、楽譜の最高。今日のごちそう、これで完全にまかなえる」

「お〜。そこまで」

おどけたふうに言ったノエチは、立ち上がって電気をつけ、てきぱきと食卓をととのえはじめた。

奈津子はキッチンへ戻り、おぼんに今日のごちそうをのせて運ぶ。

なんだろう、この付加価値は。何十年も寝かせたおかげで、古い楽譜が高値になる。その間の保管料だろうか。ビンテージの魔力。この団地も、このままここに立ち続ければ、どんどん価値が上がらないだろうか。

ちゃぶ台にごちそうを並べると、ノエチとふたり、

「お兄ちゃん、ありがとう」

「お兄ちゃん、いただきます」

感謝しながら、楽譜の売り上げで気持ちが大きくなりすぎてつい買ってしまった、焼き穴子とたくさんの京つけものを食べた。

○本日の売り上げ
バンドスコア・山下達郎『Big Wave』（ギター&ベースタブ譜付）九八八六円。

○本日のお買い物
本焼あなご下村（三〇五グラム／二～三串入）五四〇〇円。
京つけもの西利（京のあっさり漬・七点詰め合わせ）三〇〇〇円。

第三話　捨てられないふたり

1

「なっちゃんに網戸の直し、頼みたいんだけど」

七号棟の福田《ふくだ》さんが、いきなり訪ねて来たのは、銀杏並木が色づきはじめた十一月だった。

福田さんとは、何年か前、奈津子の母親が自治会の役員をしていたときに親しくなったのだけれど（奈津子も一緒に少し）、それまではすれ違いざまに会釈をするだけの、一番遠い顔見知りくらいの仲だった。

年二回、集会所で開かれる団地内のカラオケ大会では、浴衣姿で「天城越え」を熱唱したり、口のまわりにアイライナーでヒゲを描いて勝新太郎の座頭市のものまねをしたりと、いつも芸達者っぷりを披露して評判の人だった。

「あっちこっち破れたり切れたりで、ずっと気になってたんだけど、もう何年も放ってあったのよね」

いえいえいえ、そんなもの、直せませんって、と奈津子は即答したかったけれど、

「お願い！」

と可愛く手を合わせる小柄なおばちゃん、年齢的にはすっかりおばあちゃんかもしれない福田さんを、むげに追い返すのはさすがに心苦しかった。

芸達者で可愛らしい、ひとり身の福田さんには、接近しようと狙う、男性住民もいっぱいいるようだった。集会のたび、追いすがるおじいさんを何人も見かけたし、どこそこのご亭主に色目を使ったとか、うちの旦那にしなだれかかっただとか、あの人って後妻業？　筧《かけい》なんとかって人に似てない？　だとか、じつは商店街の中華屋のマスターと長く不倫関係だとか、やっかみに近い男女トラブルの話も尽きなかったけれど、とはいえ、どなたかステキなメンズにお願いしたらいかがですか、と突き放すのも嫌味《いやみ》くさいし、可愛らしくてモテる人はモテる人なりに、身の回りに気をつけるべきことは多いのだろう。

男性相手になるべく借りは作らないようにしているのかもしれないし、誰かをうっかり部屋に上げて、相手のオスの本能を呼び覚まさないよう、強く警戒しているのか

もしれない。

それに佐久間のおばちゃんも言っていた通り、男の人に頼ろうにも、昼間、このへんにいるのは高齢者ばかりで、やはり力仕事を頼むのには、かなり神経を使うのかもしれなかった。

「私もこの前はじめてやってみて、思った以上に大変で、なにをやるのにもいちいち時間がかかって、やっぱり職人さんてすごいなあ、私には絶対無理だなあ、ってわかったんですよ。あとで体中が痛くなって、寝ながらひいひい言っちゃったし」

奈津子は精一杯の「できないアピール」をしてみたけれど、相手も奈津子が引き受けるまで、絶対にお願いのポーズをやめない心づもりのようだった。

結果、その日のうちに福田さん宅まで網戸の状態を見に行き、ああ、はいはい、わかりました、これなら張り替えられそうです、と完全に業者目線で引き受けて一旦帰宅。

夜、遊びに来たノエチに、次の休みの予定を訊くと、

「え！　またやるの！　もう絶対やめようって、あの日、誓ったよね」

前回、一緒に筋肉痛になった友は呆れたけれど、断れない奈津子と同じくらいに断

れないノエチがしぶしぶながら付き合ってくれたから、人生で二度目の網戸の張り替えは、一度目よりわずかに時間短縮、仕上がりもまずまずきれいに終わった。

「さすがね！　お友だち同士、息ぴったりじゃない。本当にありがとね、私、むかしから、あんまし女の友だちってできないから、そういうの、うらやましい」

浮世絵の美人画の大きなトレーナーに、黒スパッツをはいた福田さんも、ずいぶん喜んでくれた。

「ピザ注文したから、食べて行ってね」

四種類の味が楽しめるピザをごちそうになり、福田さんの若い頃の話を聞かせてもらい（温泉地でショーダンサーをしていたことがあるらしい。どうりで芸達者なわけだ）、一〇〇〇円札の入った和風のポチ袋をそれぞれにもらった。

それから同様の依頼が、たてつづけに二件。

どちらの家でも、作業のあとにピザが届いたから、一体、この団地内でどんな噂が広まっているのだろうと奈津子は不思議に思うことになった。

「あ、おばちゃ〜ん」

佐久間のおばちゃんを見かけたのは、そのあとすぐだった。

イラスト：北澤平祐

いいよね〜
同じ団地に部屋が
ふたつあるのって。
便利！
っていうか、
もう
二拠点生活
かな、これは
いやいや、
二拠点って。
同じ団地
だって
太田野枝
（ノエチ）
奈津子の幼なじみ。
大学非常勤講師。
団地で両親と
住んでいる。
桜井奈津子
（なっちゃん）
昔は人気があった
イラストレーター。
今はフリマでの
売買が趣味と実益を
兼ねている。

一番親しい友人が、昔のまま近所にいる。
心強い。というか、楽しい。

生家の団地に暮らす、なっちゃんとノエチ。イラストレーターのなっちゃんはフリマアプリで「不用品」を売買し、大学非常勤講師のノエチとおしゃべりをしては、近所のおばちゃんたちを手助けし、ちょっとした贅沢を楽しむ。共同菜園でイチゴを摘んだり、フリマイベントに出店したり、健康診断の結果を気にしつつも台湾料理をつまみに台湾映画を楽しんだり、実家じまいをしたり…。50代（前半）、独身、幼なじみ、変わらない二人の生活。幸せのひとつの形を描く、理想的な「二拠点生活」物語。

U-NEXT問い合わせ電話番号（050-1706-2435）

「なーに、なっちゃん。野枝ちゃんまで一緒に」

相変わらずモヘアの帽子をかぶり、スポーティな服装をした佐久間のおばちゃんが、ぎくっとしたように言った。たまたまだけれど、奈津子もノエチも、ふたりともいかついGジャンを着ていたから、団地内の私設警察かなにかに見つかったように思ったのかもしれない。

「もしかして、ふたりで私のこと探してた?」

「ううん、べつに。今からノエチと〈まつ〉に行って、ホットケーキ食べるところ」

奈津子は正直に答えた。5のつく日に行くともらえる、ホットケーキの割引券がだいぶたまっていたから、今日はそれを使うつもりだった。「おばちゃんも一緒に行かない? ホットケーキの割引券、たくさんありますよ!」

「あら、喫茶店? いいわね。行こうかしら。ほら、ひとりだと喫茶店なんか入れないから」

奈津子より上の世代に、そういう人は少なくない。

三人で駅前の〈まつ〉に行き、一番奥、壁際のソファ席に座った。割引券を三枚出し、ホットケーキと、それぞれに飲み物を注文する。

それから奈津子は、ふっ、と息をついた。

「おばちゃん、網戸のこと、みんなに喋ったでしょ」

めっ、と叱るように聞くと、

「え、みんなじゃないよ、ひとり、ひとりだけ」

人さし指を立てて、佐久間のおばちゃんは言った。「だって、お友だちがうちに来て、あら、あなたのとこ、網戸がきれいになってるね、って気づいちゃったのよ。どうしたの？　どこに頼んだの、教えて、いくらかかった？　って聞かれたら、ほら、私、嘘つけないじゃない。それで、つい、本当のことを」

ごめんね、と手を合わせて謝るおばちゃんに、

「いいです、いいです」

奈津子はあわてて笑顔で言った。

もちろん、本気で責めるつもりはない。これから役に立つことがあるかどうかは知らないけれど、おかげでひとつ、できることは増えた。

2

楽譜の売り上げが、ぴたりと止まってしばらく経つ。

ほぼひと月にわたって、さんざんバブルを味わわせてもらったけれど、いよいよ期限を何巡もして、値段を下げても売れない楽譜ばかりになった。

全部で三十冊ほど持ち帰ったうち、十二、三冊が残っているだろうか。

それに合わせて、奈津子の食生活は明らかにショボくなった。

最近の楽譜バブルに浮かれて忘れかけていたけれど、本来、これが奈津子の食事のスタンダードだった。

団地を離れ、ひとり暮らしをしていた頃にも、昼夜問わずに出入りをしていた自由業まわりの友人たちから、奈津子の質素な「坊さんめし」は、よく感心されたり、からかわれたりした。

基本は一汁一菜。肉のない、精進料理のようなものばかり自作していた。

今日の夕飯は、麦と古米を半々に炊いたご飯に、梅干しと青菜ごはんの素「ひろし」を混ぜ込み、それをお茶碗一杯ぶんのおにぎりにした。

そこに、届いたばかりのお野菜定期便の中から、
・ホワイティ（白しめじ）四分の一袋
・スティックセニョール（スティックタイプのブロッコリー）一枝
・トレビス（チコリの仲間で、緑と赤紫のコントラストが美しい）一枚
三種を使い、ガーリックオイルでシンプルにソテーした一皿を添える。

「どう？」

遊びに来たノエチにも提供すると、

「うん、おいしい」

ばくばく、ばくばくとおいしそうに食べてノエチは言った。急にメニューがショボくなったことにも、ほとんど気づいていない様子だった。

「あんた、なんでもいいのな」

「だって、人が作ってくれたものって、それだけでおいしいよね」

本当になんでも食べそうな勢いでノエチが言う。

「うん、わかる。けど、そこはなっちゃんの作ったものはおいしい、って言うところじゃないかな」

「そんなの当たり前じゃん。なっちゃんの料理がおいしいのなんて。家庭科の実習で班長だったし、バイトも飲食系多かったし」

「あ、そ。ならいいけど」

むかしを知る友に、今さら細かなことを言っても仕方がないのかもしれない。奈津子がノエチをグロスで受け入れているように、ノエチのほうも、奈津子は奈津子、としか思っていないのだろう。

四十何年もずっと友だちだと、そんなものかもしれない。

「私なんて、おまえが作るめしは、料理じゃなくて調理だな、って言われたことあるからね。そんなの、意味同じじゃん、って思ったけど。心がこもってない、ってことだろうけどね」

もちろん、その話だって、奈津子は言われた当時から何十回も聞いている。

ノエチは梅干しと青菜ごはんの素を混ぜ込んだおにぎりが、ことのほか気に入ったようなので、「ひろし」という混ぜごはんの素について説明した。広島菜を使用した「ひろし」は、しそごはんの素「ゆかり」と同じメーカーの新商品だった。

「名前シリーズか！」

ノエチが笑ったけれど、実際、そのメーカーからは、「あかり」「かおり」「うめこ」といったふりかけも出ている（一〇〇均で買える）。次に出そうな商品の名前を考えて、ひとしきり笑い、録画した「断捨離」番組を一本見た。

それからノエチがドン・キホーテで買ってきたアルミ皿入りのポップコーンを、火にかけてはじけさせる。

コーヒーをいれ、ラックからブルーレイを取り出し、ちょっとしたシネコン気分で、ウォン・カーウァイの『ブエノスアイレス』を久しぶりに見た。

トニー・レオンとレスリー・チャンが、アルゼンチンを訪れた、倦怠期のゲイカップルを演じている。

「レスリーの来日コンサート、見に行ったね」

バター味のポップコーンを口に放り込んで、奈津子は言った。たぶん二十年くらい前の、東京国際フォーラムでのコンサートだった。

「うん、レスリーがまっ赤なハイヒールを履いてたときね」

ノエチも、ポップコーンをわしづかみにした。

「履いてた、履いてた。『紅』かな、曲は」

「この演技、本気だよね」

無責任な話も、部屋の中でなら構わないだろう。

作中に出てくる、イグアスの滝のランプが美しくて、奈津子は見ると必ずほしくなる。ぐるりに滝の絵の描かれた円筒形のシェードの中を、灯りがゆっくりと回っている。回転する灯りの生む陰影によって、滝の絵が表情を変えるのが、なんとも美しかった。

今回もやっぱりほしくなり、調べると「ヤフオク!」に一点出品があったけれど、開始価格が五万円。

一時の思いつきでは、とても手が出る値段ではなかった。

網戸の張り替えはひとまず三軒、女の人の単身世帯ばかり訪ねて終わった。

男手のある家や、男の人だけの世帯では、やはり網戸くらい、ちゃちゃっと直してしまうのだろう。

それとも室内に虫が入ることに無頓着なのか。

換気など無用、とばかりに、網戸というものを、ふだん使わずに生活しているのか。

そもそも今回の情報、今なら奈津子たちがピザと時給一〇〇〇円で網戸を直しに来てくれるよ、一緒にピザを食べながらのおしゃべりつき、という半分デマを流したのが佐久間さんなので、まだ女の情報ルートにしか乗っていない可能性もあるけれども。

あるいは、困っていても、小娘（佐久間さん談）に直してもらうのは、男のプライドが許さないのかもしれない。


つぎのノエチの休みは、網戸の張り替えもなかったので、自転車に乗って、いっしょに釣り堀に行った。そこの公園にはときどき行ったけれど、よく見る釣り堀にも入ってみたくなったのだ。

そんなふうに誘い合うと、本当に子どものころとなにも変わらなかった。

二十分から二十五分ほどで着く、大きな公園の中にある釣り堀だった。青い空に雲がひとつもない、なかなかのサイクリング日和だった。

川べりの道をゆっくり下り、線路を越え、同級生が結婚式を挙げた八幡宮の前を通り、木の生い茂った公園の脇に自転車を停めた。新型コロナの流行からこっち、奈津子もノエチもあきらかな運動不足になっていたから、ここに来るまでにすっかり息が上がったけれど、一回マスクを外して深呼吸をすれば大丈夫。

落葉をわさわさと踏みながら、奥へ進み、公園の中なのにぽつぽつと民家が立つあたりを通り抜けると、水かさもたっぷりの池を眺めて歩く。池のあっち側、きれいに紅くなった葉に目を細めていると、その紅い葉のすぐ下に、いきなり大きな鳥がとまっていて奈津子はびっくりした。

「でか」

「なに」

「鳥、鳥」

「サギかな」

付近に看板が立っていたから、ノエチとふたりでそれに見入る。公園内に生息する野鳥の種類を知らせる、写真入りの看板だった。

「これだ」

「アオサギだね、あれは」

「アオサギか」

「あ、あっちにも一羽いる」

そうやって池をながめて歩けば、やがて人の集まる広場に出る。

その先に、お目当ての釣り堀があった。

七十年ほど前から営業しているという、庶民感あふれる釣り堀だった。

それにしては、子どもの頃に来た覚えがないのは、団地からもっと近く、私鉄の隣駅にも釣り堀があったからだろう。

そこには田舎から遊びに来た祖父に連れられて何度も行った。漁師町で育ったおじいちゃんは釣り自慢で、その釣り堀でも、大きな鯉を釣り上げては持ち帰っていた。

あんな鯉、本当に持ち帰ってよかったのだろうか。

おじいちゃんが決まりを守らずに、勝手に持ち帰っただけではないだろうか。持ち帰った鯉をどうしたのかも、奈津子は昔すぎて忘れてしまったけれども。

あの釣り堀だった場所には、今はマンションが建っている。

大人ふたり、三十分で入場料を払い、こぶし大の練りエサの入ったプラスチックのお皿をもらう。

浮きと針のついた細い竹竿を一本ずつ選び、ふたつある四角い池の奥のほうへ進むと、逆さに置いたビールケースに腰を下ろし、練りエサを小さくこねて針に刺し、黒くて底の見えない池にぽたんと垂らした。

二メートルほど離れた場所で、ノエチも同じようにしている。池のまん中からは、大きく口を開けた、グレイのサメのオブジェが頭を突き出している。ジョーズが流行した頃のものだろうか。

「あ、エサがない」

しばらくして、ノエチが言った。引き上げた釣り糸の先、エサのなくなった針を、こちらにちらちらと揺らして見せた。「食べられたのかな。それとも落ちたのかな」

「さあ」

首をかしげて奈津子も自分の竿を上げてみると、針に刺したはずのエサがなくなっていた。

だいぶ小さく取って固めたから、そのまま水に溶けたか、落ちたかしたのかもしれない。

小さい頃、おじいちゃんにくっついて行ったとはいえ、それ以外に、奈津子に釣りの経験はなかった。二十代のおわりに一度、当時の仕事仲間たちと渓流釣りに行く話になり、まだぎりぎり電車にも乗れた頃だったので、なんとか参加しようと、ひとりだけ入間《いるま》の知人宅に前泊して、飯能《はんのう》の先、芦ヶ久保《あしがくぼ》のキャンプ場を目指したのだけれど、前夜、知人宅に着くまでですっかり疲弊してしまい、当日は電車に一駅乗っては降り、一駅乗っては降りを繰り返して、結局、待ち合わせ場所にはたどり着けなかった。そこから自宅に帰るまでも、二日がかりだったのを覚えている。

新しくエサを小指の先ほど取って、ぎゅっと固めて針に刺した。

少し大きめに。針にしっかりと食い込むように。

十歳くらいの、同級生らしい男の子三人と、そのうちのだれかのお父さんだろうか、引率の男の人がはす向かいで釣り糸を垂らしている。

男の人が子どもに指導しているのに聞き耳を立てて、それを横のノエチに伝えた。

「アタリに気をつけて。見逃してるかもしれないよ」

「意外に足もとのほうに魚、いるかもよ」

「新しいエサをどんどんつけたら、落ちたエサが下にたまって、魚が集まってくるよ」

白いビールケースにどっしり腰を下ろしたノエチが、へえ、なるほどね、とうなずいている。

3

何回釣り糸を垂らしても、

「え！　いつの間に！」

と、エサがなくなっているばかりで、魚に食いつかれた感触もなかった。

泳ぐ背や、水面を揺らす尾びれ、といったものすら、一度も目にしていない。

「魚、いないんじゃない？」

ダメな大人ふたりは、五分で疑いはじめたけれど、三人の男の子たちは、そんな不純なことは一度も口にしないで、何度もエサをつけ、糸を垂らし、エサをとられ、つけなおし、糸を垂らし、浮きをじっと見つめている。

やがて引率者の男性が、自分の釣り竿を上げると、黒い鯉がかかっていた。

たも、というのか、柄のついた網でそれをすくうと、口から針をはずして、さっと池に戻す。その一連の動きがスムースで、たぶん十秒とかからなかった。

「いたね、魚」

「いた、大きかった」

「すごいね、やっぱり釣れるんだ」

「同じ竿だよね」

「たもが必要だったね」

たも、という言葉は、おじいちゃんが使っていたのかもしれない。よく見れば、池のまわりの二カ所ほどに、網やバケツがまとめて置かれている。奈津子もノエチも、そんな用具は一つも取って来なかったから、はじめから魚を釣り上げるイメージはなかったのだろう。

あるいは、どちらかの竿に魚がかかってから、もうひとりが大慌てで取りに走るのか。

ただ、結局そんなことにはならずに、入場料を支払った三十分間、ただただ、ふたりで練りエサを取りかえながら、静かにひなたぼっこをした。

残った練りエサを竿といっしょに返すと、横の食堂でカツ丼とみそおでんを注文して、ノエチとシェアして食べることにした。

飲み物はふたりとも、あたたかなほうじ茶を頼む。

横と言っても同じ建物の地続きで、釣り堀とはビニールで仕切られているだけだ。食堂でお酒を買って、向こうへ行き、釣りながら飲んでいる人たちもいる。

「九九九円まで下げても売れないグループ、どうしよう」

酔客《すいきやく》があちらこちらで楽しんでいる食堂の中で、奈津子はオークションの相談をした。「しばらく、そのままで放っておこうか。それとも、五〇〇円くらいに下げてみる?」

ノエチのお兄さんから勝手にもらった楽譜の話だった。

「なにが売れ残ってるの?」

「サイモン&ガーファンクル、とか」

「あれ、最初から出してない?」

「出してる」

「人気ないのかな」

たらたらたらたら、とノエチが口ずさんだのは、たぶんS&Gのヒット曲「サウンド・オブ・サイレンス」のイントロだと思うのだけれど、なにぶんノエチは音痴なのでよくわからない。

「卒業、って急に見たくならない？　今、なんか見たくなった」

ノエチが言ったので、正解だろう。その曲は確か、映画『卒業』の主題歌だった。ノエチは昔から映画好きで、中学生の頃には、見た映画をつけておく「映画ノート」を携えていた。作品名や主演、監督ばかりか、独自の寸評や採点まで記してあり、もちろんそんな楽しい過去は、奈津子の記憶から消えることはない。

「今年になってから、BSでやってたかも、見なかったけど」

奈津子の映画の記憶も、二、三割はノエチの影響を受けているのかもしれない。

「エレーン、だっけ。結婚式場でバンバンってガラス叩いて名前叫ぶの、ダスティン・ホフマンが」

ノエチが言い、先に届いたみそおでんをひと串食べる。「でもあの人、恋人のお母さんとやっちゃって、それがバレてふられたんだよね」

「そうだっけ」

奈津子もみそおでんを食べた。食べやすい、なじみのある味だった。

「そうだよ、キャサリン・ロスと付き合ってるのに、お母さんのアン・バンクロフトとできちゃうの。あれ？　順序が逆だっけ。お母さんとできてるのに、娘と付き合うのかな？　とにかくそれがバレて、娘に逃げられるの」

「あ～。そうだね。そんなかも」

「ひどいよね、それで拒否られてるのに、結婚式場に来て、エレーン、って」

「ないね」

「今なら確実に炎上だね」

「サイモン&ガーファンクルは五五五円に下げよう」

奈津子は楽譜の値下げを決めた。

オークションの相談をしながら食べる食堂のカツ丼は、分厚いカツと薄切り玉ねぎがしっかり玉子でとじられて、きざみ海苔がたっぷりとかかっている。かなり本格的な味で、たれも甘辛くておいしかった。

そこからまた三十分弱かけて、一緒に自転車をこいで団地へ戻り、ノエチは自転車を十号棟まで置きに行った。

そこで一回、自宅に帰るのかと思えば、家には寄らずにそのまま来たみたいだ。奈津子が自転車を置き、家のカギを開けていると、もうそこにあらわれた。

「おじゃましまーす」

「はい、どうぞ」

奈津子が応じ、ノエチを先に室内へ入れると、いろんな荷物を積んである、玄関脇の和室をチラ見して、

「わ、なに、これ」

とノエチが言った。いつもはチラ見して通り過ぎるのに、さすがにスルーできなかったようだ。

「ピンク電話」

奈津子は言った。ちょうど今朝運んできたばかりだったし、前もって教えるよりは、いきなり現物を見せて、ノエチを驚かせたい気持ちもあった。

「朝、もらって来たの。〈千代の寿司〉のママが、売れないかなって」

「千代の寿司、って、結局やめちゃうことにしたんでしょ。もう営業終わったの?」

「先週いっぱいでやめたって」

団地からほど近い、角の寿司店だった。年に何度も行く機会はなかったけれど、むかしから同じ場所で営業している。当然、母親ともども、顔なじみだった。

先月の楽譜バブル、ビッグウェーブの売り上げで一回ランチを食べに行ったけれど、そのとき、お店もコロナで打撃を受けたし、大将は七十歳を超えているし、そろそろやめどきかなと話していたのだった。

もしそんなことになっていたら嫌だなと、ノエチを誘って食べに寄ったのだ。

嫌な予感は当たっていたのだろう。

「え〜。やめないでくださいよ。大将のお寿司、もっと食べたいから」

「うん、ずっと食べたいです」

奈津子とノエチが口々に言うと、

「おお、うれしいね、ふたりにそう言ってもらえると」

大将だって、まんざらでもなさそうだったのに。

ただ、内心ではもう決めていたのだろう。あっという間に閉店は本当になり、こんなもの売れないかしら、と女将さんから連絡があって、ピンクの公衆電話を預かったのだ。

折り畳みのキャリーカートで簡単に運べるくらいの重さだったけれど、部屋に置いてみると、思った以上に存在感があった。

「やっぱり、つづけられなかったのか、お店」

「うん。手にごはんがつくようになっちゃったらしいよ、大将」

「手にごはん、か」

「それでやめることにしたって、女将さんが言ってた」

「残念だね」

しみじみと言ったノエチは、ピンクの電話以外にも、部屋に大きな寿司桶や湯のみがあるのに目を奪われている。

奈津子の素人古物商は、スマホのフリマアプリと、ネットオークションの二刀流だった。

基本、自前のコレクションと家の不要品が出品物の中心だったけれど、どこで耳に入るのか、これまでにも団地の人に声をかけられて、いろいろ預かっている。

新聞小説の切り抜き。

相撲茶碗。

錆びた銀食器。

お盆。

亡き妻のバッグと服。

絵が趣味だったお父さんが描いた裸婦像（油絵）……など。

「みんな、売って、って頼むのは、やっぱり捨てることに罪悪感があるんじゃないかな」

部屋に積み上がった箱をしげしげと見て、ノエチが言う。

「うーん、そうかもね。愛着があったものなんかは特にね。ただ捨てるよりは、人に託したいのかもね。ぬいぐるみとか、捨てられないじゃん、なかなか」

「あ〜ぬいぐるみね。ぬいぐるみはつらいなあ。お焚き上げなんかに持って行くのも、そういうことかもね」

お兄さんの宝箱とか言いながら、自分も家に歴代の古いぬいぐるみをしっかり残しているノエチが言った。「でも、部屋がこれじゃあ、おばちゃんも戻って来れないよね。もう断捨離の先生に来てもらうよ。私が番組に応募しておく」

「ふざけるな！　弟子が来たらどうすんだよ！」

奈津子が口汚く言い返すと、ノエチは、あははは、と高く笑い、あはははは、ともっと笑い、それから一旦口をつぐんで首を横にふると、

「なっちゃん、ひどい」

自分も悪口仲間のくせに、少し責めるように言った。

○本日の売り上げ
なし

○本日のお買い物（出費）
釣り堀（三十分／大人一名）五〇〇円。

お食事（「カツ丼九〇〇円＋みそおでん五〇〇円」÷二＋ほうじ茶三〇〇円）一〇〇〇円。

第四話

空ちゃんはいつだって いいよって言ってくれた。

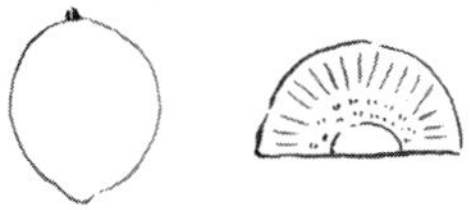

1

ノエチと喧嘩した。きっかけは、たぶんささいなことだった。

友人のイラストレーター、中澤《なかざわ》さんの個展にふたりで出かけたときの話だ。場所はおしゃれな表参道のギャラリーで、とてもママチャリで往復できる距離ではなかったので、奈津子はノエチに車を出してくれるように頼んだのだけれど、

「なっちゃ〜ん、準備できた？　そろそろ出かけたほうがいいよ〜」

当日、普段よりおめかししたノエチが部屋まで迎えに来てくれたのを、

「ごめん、朝までちょっと根詰め過ぎちゃって。あんまり寝られなかったんだ。だから今日やめる」

奈津子は覆面レスラーの顔がいっぱいついた、ふざけた寝間着のまま断った。

「なんだ、そっか」

「ごめん」

「いいよ、全然。じゃあべつの日にする？」

「うん。でも、今は決めたくない」

「わかった、じゃあまたあとで来るね」

そう言ったノエチは、その日は姿を見せず、翌日の仕事帰りにまたふらっと訪れた。

「来たよ～」

「昨日は、ごめんね。おわびに根詰めた成果を披露するから」

奈津子は彼女を部屋に招き入れると、ｉＰａｄのミュージックソフトに一晩がかりで手弾きで入力した、サイモン＆ガーファンクルの「サウンド・オブ・サイレンス」をさっそく聴かせた。

ラミシミ、ラミシミというギターのアルペジオから、メロディはきらきらのシンセ音。ピアノ、ベースとデジタルの音が重なって、二コーラス目からは、派手なドラムが加わる。

「ランバダみたいなドラム」

その音を聞いて、ノエチが笑った。奈津子は、ランバダという語の懐かしい響きに笑った。十代の終わりに一瞬流行《はや》ってすたれた、腰をくっつけるエロチックなダンスで話題になった、南米音楽がルーツのヒット曲だった。

S&Gの楽譜が五五五円に下げても売れないので、ちょっと遊びで使ってみたくなったのだ。楽譜を参照したけれど、手弾きでの入力だったし、ドラムのパートは叩く要素が多かったので、刻むリズムがいきおい奈津子のオリジナルになった。

それがランバダだったとは。

「これを朝まで作ってたの？」

「そう、大変だった。ドラム叩いたことないし、ギターもピアノもちょっと触ったことあるだけだし」

「それにしてはよくできてるね」

ドンドコドン、ドンドコドン、と二コーラス目から派手なドラムが入るのが、ループで聴いてもいい感じだった。

そして中澤さんの個展には、二度目のチャレンジで、どうにか向かうことができた。ノエチは午後の早い時刻に授業の終わる日だったから、一度、学校から団地に戻ってもらい、そこからノエチのお父さんの車を借りて出発した。一日に二回出かけることについて、ちょっと申し訳ない気はしたけれど、その日を候補に挙げたのはノエチだったし、彼女も中澤さんの個展は見たいようだったから、奈津子はさほど気にしなかった。

「そこ、左が詰まってるから、右。その先、左に戻って、側道行って」

出発まではグズるのに、出かけると最速を目指すのは奈津子のスタイルだった。それも乗り物が苦手なので仕方がない。

「まあ、よく乗っていられるようになったよね。むかしは、酔った、停めて、酔った、停めて、の繰り返しで、やっぱりやめた、帰る、って家のそばまで戻ってから、もう一回行って、とかね」

奈津子の指示通り、車線をあわてて変更したり、無理そうなときは、無理、と却下したりしていたノエチが、しみじみ感心したように言った。最悪の状態を知っているから、これでもだいぶよく見えるのだろう。「もう降りて歩くから、横ついて走ってて！ っていう無茶なのもあったよね。渋滞するって、そんなの」

「あったねえ」

それくらい苦手なので、タクシーもほとんど使えなかった。今だって、無理を言えるノエチ以外の運転だと、同じことになるのかもしれない。

「でも、UFOは見なくなったよ」

奈津子が言うと、

「そうだねえ」

ノエチは笑った。

乗り物が苦手すぎて、謎の飛行物体が見えたことが、奈津子にはこれまでに三回あった。一回は私鉄の高架を走っているとき、乾電池みたいな飛行体が、床屋のサインポールみたいにくるくる回転しているのが見えた。もう一回はお気に入りの俳優の舞台がどうしても見たくて、大阪までの新幹線に乗っているときだ。街並みのビルと同じくらいのサイズの球体が、銀色に発光しているのが見えた。あと一回は車のフロントガラスの向こうに、白い五つの発光体がずっと浮かんでいた。

そのうち二回はノエチと一緒だったので、

「UFO!」

と指さして教えたのに、

「どこ、どこ?」

ノエチにはまったく見えないふうだったから、そっか、ほかの人には見えないのか、と奈津子は理解した。二十代の終わりから、三十代半ばくらいまでの話だ。

ただ、自分の精神が不安定すぎて通常は見えない次元と接続しているのか、単に自分の頭がおかしくなっているのか、そのふたつは同じことなのかはわからなかった。ノエチが、見えない、と言っているあいだにも、奈津子にはくっきりと、謎の飛行物体は見えていた。

新宿の手前で一度、トイレに行きたくなり、遠出のときによく利用する商業施設に入ってもらった。そこはいつも奈津子がトイレのために使うので、なっちゃんのマーキングポイント、とノエチには呼ばれている。

マーキングポイントのきれいなトイレで用を足し、車寄せで待つノエチの(お父さん所有の)軽自動車に戻ると、スマホを見ていたノエチが顔を上げた。地元の小学校では神童と呼ばれ、中学時代は読書コンクールの作文で文部大臣賞を受賞。高校時代の予備校の模試では、国語で満点を何度も取ったという。そして今は文系の非常勤講師のノエチは、なにか電子書籍を読んでいたみたいだった。ノエチは本好きなのだ。

「なっちゃん、ランバダみたいなドラム叩いてるのもいいけど、その暇に絵本なんか描いたらいいいんじゃないかな、可愛いわんこが主人公の」

「わんこ?」

奈津子は聞き返したくせに、ノエチが答えようとすると、

「早く、車だして」

と言った。「画廊が閉まっちゃうよ」

「うん」

ノエチは慌ててエンジンをかけ、周囲を確かめ、ゆっくり車を走らせた。F1のピットアウトのように(という喩えは、ノエチがよく使う)幹線道路に戻り、うまく車の流れに乗る。

それから話を再開した。

「可愛いわんこが、気まぐれな飼い主のお世話をずっと焼いてて、最後は疲れて死んじゃうの。すごく気のつく繊細なわんこだから、先回りして、飼い主を助けようとしすぎちゃうんだよね。なっちゃん、そういう絵本を描いたらいいよ。タイトルは、墓《はか》守《もり》にされた犬」

「なに、それ？」

奈津子は首をかしげた。国語の成績のいい人の、遠回しに言うことの意味がよくわからない。なにかの喩えだろうか。「……謝ってるの？」

「逆だって、逆」

「うそ～、仕事帰りに、へこたれて、うちに来てなんもしないで、ごはんできるのを待ってるほうが犬？」

「犬じゃん、それ、愛玩犬の仕事」

「飼ってないし」

奈津子はぴしりと言った。「ていうか、なんで犬なの？」

「それは、ほら、犬や猫が主人公のほうが、絵本だって売れやすいかなって」

「絵本をなめてるね」

ぽんぽんと話して、ノリノリかと思わせておいて、相手がさらに会話をつづけようとすると、

「……やめて」

首をふり、下を向くのも奈津子の得意技だった。「酔ってきた」

「大丈夫」

ノエチは根拠のない励ましを言い、それきりぴたっと黙ると、急いで新宿を目指す。長い付き合いのうち、ふたりの間では、先に具合が悪くなったほうをもう一方が助ける、という暗黙のルールができあがっていた。または、より具合の悪い方を、ましな方が助けるというルールが。どうにか奈津子が我慢できるあいだに新宿に到着し、ノエチが車をパーキングに入れた。

画廊が閉まるリミットまで、あと三時間くらいあった。

ここまで来れば、なんとか個展には間に合いそうだと奈津子はぼんやり思ったけれど、もし難しかったら、行くのをあきらめて引き返せばいい。無理はしない、と奈津子はだいぶ前から決めていた。

自宅用にしてもいいからと、果実園リーベルで立派な柿をふたつ、差し入れに買い求め（この前のフルーツサンドで完全に信頼していた）、このチャンスにと近くの家電量販店でプリンターの消耗品を買い、ついでにトイレを借り、さらにお菓子の安売り店に寄って、ノエチとふたり、ドラえもんのエコバッグがパンパンになるくらいにお菓子を買った。

そこまで小一時間ほどつかって、ようやくまた車に戻る気になった。

表参道までは、わりとすぐだった。

画廊までのルートを少し迷って、行き止まりの道に入ってしまったけれど、そこは奈津子たちが住んでいるような、古い団地の立つ一帯だった。

築年数もたぶん同じくらいだろう。四、五階建てなのも同じ。壁の色や汚れ方、たっぷり幅を取った各棟の並び、何号棟かを知らせる数字のパネルの貼り方もよく似ていた。

ただ、ノエチに車をUターンしてもらっているうちに、その団地全体が、高さ二メートルくらいの、白いスチール塀で囲われていることに奈津子は気がついた。最初は団地の手前に、工事をしている箇所があるくらいに思っていた。車止めのアーチがセットされ、道が行き止まりになっているのも、そちら側から団地に入る必要がなくなったからかもしれない。きっと建て替えが決まって、住人の立ち退きも終わったのだろう。

「うちらの団地も、いつかああなっちゃうのかな」

車がUターンを終えて、大通りに戻ってから奈津子は言った。

「なるだろうね、いつか」

「あと何年くらいかな」

「さあ。コロナでいろんな計画が遅れてそうだけど、決まったらすぐかも。三年とか二年とか、案外一年くらいで、ぐんと話が進むのかもよ」

「一年って」

古ぼけた団地に今も残っている人の中には、出たくない、出られない事情を持つ人も少なくなかった。高齢の住人は特に、今さら住環境の変化を望まない傾向が強い。どうせ私の方が、先にこの世からいなくなるわ、と達観しているおばあちゃんもいた。このままずっと住んでいれば、新しく建て替えても、また同じ条件で住まわせてもらえると信じている人も。

「もともとは、もっと前に建て替えようっていう話だったからね」

表参道にほど近い、華やかな一帯にも、そこだけ取り残されたような団地が立っている。

建物の様子からして、しばらく前まで人が住んでいたのにと思うと、ちょっともの悲しい気がした。

2

中澤さんの個展は大盛況だった。

ちょうど画廊のまん前のコインパーキングに車を停めたので、中の様子を見て、人の波が少し引いたすきに、今だ、と出ようとすると、タイミングの悪いことに、ノエチがルームミラーで顔の出来を確かめている。

「ノエチ、今、おかしのまちおかでブタメン買ってたのに、そんなに気取らなくても」

奈津子が笑いながら指摘すると、

「やめて、なっちゃん、そういうこと言うの！」

ノエチが警戒する目で見た。今ここで、というより、中澤さんの前で言わないで、という意味だろう。ただ、新宿の安売りのお菓子店で、ノエチが真剣に悩んだ末、

「ブタメン　まぜそば　めちゃうまソース味」をカゴに入れたのは事実だった。

イラストレーターの中澤さんとは奈津子が以前から知り合いで、ノエチだって何度もいっしょに会ったことがあるけれど、五、六年前に大きな広告にイラストが起用されてからは、あれよあれよという間に有名になり、活躍の場を広げ、今ではアラサー女性を中心に、絶大な人気を誇るイラストレーターになった。

本人のさわやかなルックスと、飾らない人柄も魅力だろう。雑誌やＷＥＢで、インタビューを目にすることも多い。もちろん奈津子たちは喜び、中澤さんの記事や新しい仕事を持ち寄っては、売れたねえ、中ちゃん、とか、中澤さんって本当にいい絵を描くよね、とか、人がスターになる瞬間を見たねえ、とか話していた。

彼のイラストを使ったお皿やマグカップなどの食器、Ｔシャツやワンピースといったアパレルもたくさん作られていて、とても全部は買い切れないけれど、奈津子も見つけてはじっくりと選び、気に入ったものを必ず購入している。

「よし、行くよ」

差し入れの柿を手に奈津子が言うと、ノエチは赤いショルダートートを肩にかけて、車を降りた。もたもたとドアキーを締め、トートをかけ直して、追いかけてくるのを奈津子は少し先で待つ。

　こういうときのノエチは本当にグズで奈津子はびっくりするのだけれど、前にそれを指摘すると、

「ここまでさんざん待たされて、なんで最後に私が急かされなきゃいけないの？　全然意味がわかんない」

　とキレ気味に言い返されたので、それからは気をつけて待つようにしている。

　バッグをかけた側の肩を下げて、ノエチがようやく追いついた。

　グズグズしているときのノエチは、だいたいカリカリしているので刺激しないほうがいいのだけれど、わかっていて一言かけたくなるのも、古くからの友人だからだろう。

「カバン、なんでいつもそんなに重いの」

　重そう、ではなく、重いと断定しているのは、これまでに何度も持って、その重さにびっくりしたからだった。なるべくモノを持たずに歩くようにしている奈津子からすれば、ノエチはなにかの修行をしているように思えた。

「学校の帰りだから」

少し恨めしそうにノエチが奈津子を見た。

「手ぶらでいけばいいじゃん、学校も、今も」

「やだよ、そんななっちゃんみたいなこと」

たぶんちょっと悪意のある返しだったので、ふん、と奈津子は笑った。

「なにが入ってるか、一回、中見せて。あとでうちで全部出してみてよ。いらないもの、私がよけてあげるから」

「絶対やだ」

中高の頃とほとんど変わらない、大人げない言い合いをして、すぐ目の前の画廊へ向かう。

ただ、全面ガラスの戸を押すときには、さすがに口元には笑みをたたえ、おじぎをして、奈津子もノエチも、アラフィフの貫禄を見せた。記帳台に、きれいなピンクのガーベラが飾られている。

ウッディーな床を、白い壁が囲んだ落ち着いた画廊だった。壁には3号から4号サイズくらいの、小ぶりな画がたくさん展示されている。中央のテーブルに向かった中澤さんが、来客の対応をしていた。中澤さんに声をかけたい人が列をなしているようだったので、奈津子とノエチは会釈だけすると、ゆっくり画を見て回った。一枚目から、すっと中澤ワールドに入って、心は森の中で遊ぶ。むかしから中澤さんの画には、ふわふわと空を飛ぶふしぎな生き物や、繊細なタッチで描かれた動物たち、可愛い王子や王女が棲《す》む森が登場している。

奈津子とノエチは画集を買い、中澤さん本人に挨拶をして、手土産の柿を渡し、画集にサインをしてもらった。

「なっちゃんさん、ノエチさ〜ん」

気さくに声をかけてくれる中澤さんに、奈津子は調子に乗って、ブタメンの話もした。

ノエチはその帰りから、ちょっと不機嫌だったかもしれない。

「なっちゃんって、ずっと勝手だよね」

「そう?」

「好きなようにしかしないじゃん、結局」

「しないねえ」

こうなると売り言葉に買い言葉だったけれど、そう指摘されてみれば、確かに奈津子には、最終的にそれでいいと考えているところもあった。「だって、自分が嫌なことしても、しょうがないし」

「ふーん」

とノエチは言い、そこから極端に口数が少なくなった。

「うち寄る？」

団地に着いてから、奈津子が訊くと、

「今日は、もう帰る」

とノエチが言った。

「ブタメン、どうするの？」

ノエチの買ったお菓子も、同じエコバッグに入れっぱなしだったから、持ち帰るなら分けなくてはいけなかったけれど、

「いいよ、今度で」

と言うので、じゃ、と全部奈津子が持ち帰った。

3

それから丸二日、ノエチからはなんの連絡もなかった。

ふらりと訪ねても来ないので、これは怒らせたかな、と奈津子はようやく気づいたのだけれど、いつもノエチとの喧嘩はだいたいこんなふうで、なにが原因なのか、奈津子にはよくわからないままはじまるのだった。

ちょうど静岡にいる母親からおいしいお茶と新米が届いていたし、ノエチが来ないのなら、しばらくは家にある材料で食事をまかなおうと、この先、一週間の献立をさっと考え、コピー用紙に書き出してみる。

奈津子ひとりぶんの献立は、とても簡単だった。


〈一日目〉

・コーンスープ　昨日のブロッコリーソテー入り
・カレーツナパン
・煮卵
・ゴボウと人参のきんぴら
・焼きジャケ
・焼きたらこ
・ご飯
〈二日目〉
・卵とスナップエンドウ、カリフラワーのサラダ
・カレーツナパン
・豆腐とエノキの味噌汁
・チャーシュー丼、ネギと甘長とうがらし炒めのせ
・きつねうどん（カップ）
〈三日目〉
・しょうがラーメン

・タマゴパン
〈四日目〉
・グラコロ（マック）
〈五日目〉……


三日目ですでに適当になっているのは、先のことを考えるのが、やっぱり苦手だからだろう。四日目は、家の食材ですらない。とはいえ、そこはプロ、フリーハンドで枠を描き、料理名の横にその食べ物のカットもつけた献立は、とても楽しげに仕上がっていて、それを冷蔵庫に貼りつけ、奈津子はとりあえず今日と明日くらいは、この通りの食事で過ごそうと決めた。

もっとも、ノエチが二、三日遊びに来ないことは普通によくあるから、今晩あたり、なにもなかったように姿をあらわすのかもしれないけれども。

久しぶりにイラストの仕事が入っていたので、奈津子はまずそちらに集中し、お昼には予定通り、カレーツナパンを作った。

フリマアプリの売り上げで買った、コンビニのパン、「粗挽き全粒粉入りミニバゲット」を使って、しゃっきりレタスと、カレー味に和えたツナマヨ＋ピクルスをそのバゲットに挟む。

マグカップにティーバッグの紅茶をいれ、お気に入りのレトログラスに、紙パックのトマトジュースを注げばランチの完成だった。

天気がよかったのでベランダに出て、庭の植物を眺めながら昼食をとる。

秋のはじめに小さなピンクの花を咲かせたシュウカイドウは、今はハート型の大きな葉っぱだけになっている。葉のつけ根や枝の間にできたムカゴを先月採取して、それを友だちに送ろうと思ううちに、時間が経ってしまっているのを思い出した。

閉店した〈千代の寿司〉の女将から預かったピンク電話は、オークションに出すと、はじめは買い手がつかなかったけれど、値を三〇〇円下げて出し直すと、すぐに入札があった。

あと一日で終わるから、梱包の準備をしなくてはいけない。一〇〇サイズのゆうパックでの発送になると、商品の説明にもきっちりと記してある（送料別）。

ただ、一緒に預かった魚へんの漢字の湯のみセットと、出前用の大きな寿司桶は、他の人が一円で出しているのを見てもまったく売れていない。このまま在庫になりそうだった。

佐久間のおばちゃんが、向こうの共同菜園にいるのを見つけ、おばちゃーん、と手を振った。

なっちゃーん、と手を振り返したおばちゃんは、水やりをしてからこちらへ歩いて来た。ロミオとジュリエットみたいに、ベランダ越しに話をする。高さはそんなに違わないけれども。

「いいわね、日なたぼっこ？　野枝ちゃんは？」

「ノエチは家じゃないですか？　それか学校？　うちら、べつに一緒に住んでるわけじゃないんで」

「それはそうね」

と、おばちゃんは笑った。

それから表参道のそば、青山あたりで見た団地の話をした。

「たぶん、もうすぐ取り壊すところでしたよ。ここと同じくらいにできた団地みたいだったのに」

「あら、そう。残念ね。できたころは、まだのんびりしてたんでしょうねえ、あのへんも。都電とか走ってた頃だから」

佐久間のおばちゃんは、少し視線を上げて、過去を見る表情になった。「ここらだって、むかしは畑や田んぼばっかりで、辺鄙《へんぴ》な場所だったのよ。それが、まわりにいろいろ出来て便利になったからって、こんなボロ団地にしておくのはもったいないなんて、余計なお世話よ。そういうのは、肥《こえ》だめに落ちてから言えって話でしょ」

「落ちたんですか、肥だめ」

「むかーしね」

モヘアの帽子をかぶったおばちゃんは悪戯《いたずら》っぽく笑った。「それにこの団地、はじめは本当にきれいな建物だったんだから。それも知らないで、ボロ、ボロって。失礼よね」

もちろん土地の有効活用うんぬんよりも、先に建物の耐久性に疑問があっての建て替え話とは承知していたけれど、これだけの広さにゆったりと、四階建ての団地が立つばかりなのは、もったいないとの意見もきっとあるのだろう。

それにもし耐久性を心配してくれるのなら、先に建て替えの予定があるにしても、もう少しくらい計画的にメンテナンスをしてくれてもいいのにと思う。

「都電だって、全部なくす予定だったのに、最後の一個残ってるじゃない、荒川線」

「はい」

奈津子は答えたけれど、さすがに都電があちこちを走る景色に覚えはない。まだ生まれていないころの話かもしれない。ただ、この団地の界隈に畑が残っていたのは、うっすらと覚えていた。

「ああいうふうに、古い団地もうまく残してくれないかしらね。もう、昭和の遺産でもなんでもいいから。風情があるじゃない。ねえ」

「はい」

と奈津子はこちらには力強く答えた。

「由実《ゆみ》ちゃん、まだしばらく静岡なの？」

佐久間のおばちゃんは、ふいに話を変えた。七十歳の母親を、ちゃんづけで呼ぶ人が団地には結構いる。

「そうみたいです」

「電話してるの」

「定期的にかかってきます、あっちから」

「元気?」

「元気ですよ」

「そう、よろしくね」

佐久間のおばちゃんは、しばらくの立ち話に満足したのか、二つ三つ若返ったような、楽しそうな表情をして帰って行った。

4

その夜もノエチは姿を見せなかった。

昨夜食べたマグロの柵の残りを「漬け」にしてあったことをすっかり忘れていたから、さっそく献立は変更して、炊きたてご飯に大葉を敷いて、マグロの漬け丼を作った。

白ゴマをふり、二日目の予定から変更した豆腐とエノキの味噌汁をよそい、せっかくだからと、二煎目もおいしい、いいほうのお茶をいれて、ちゃぶ台に運んでから、丼にワサビを添え忘れたのに気づいた。

「ワサビ、ワサビ」

ひとりで口にしながら、慌てて台所に戻り、冷蔵庫から練りワサビのチューブを取り出すと、つるん、と指先でそれが滑り、一体どんな加減なのか、冷蔵庫と食器戸棚の狭いすき間にぴたっと挟まってしまった。

これはなにかの童話だろうか。

困った奈津子は、まず手が届かないことを確かめ、割り箸や菜箸でも取れそうもないことを確かめ、やはり食べ物のことなので、なるべくなら、すき間の奥の、埃だらけの床に落としたくはない。

傘の柄か、あとはプラスチックの定規かなにかで、なんとかこちらへ引き戻せないかと考えて、仕事机にいいものがあるのを思い出した。

たしか近所のドンキで買ったものだったけれど、伸び縮みする指し棒の先が、五本指の小さな手になっている。

それは『ルパン三世』の峰不二子が、敵に体をくすぐられるときの「こちょこちょ棒」のようだと奈津子は見るたびに思うのだったが、もちろん、そんな棒で誰かをこちょこちょとくすぐる趣味はないので、これまで一度もちゃんと使ったことはない。

なのにどうして買い求めたのか、まったく思い出せないまま、伸ばすと五十センチほどになるその棒を使って、ぶじ、練りワサビのチューブを救出。ようやくマグロの漬け丼を食べはじめることができたのだけれど、ひとり暮らしとは、これくらいのことでヒヤッとしたり、ホッとしたりと忙しい。

まして高齢なら、なおさらだろう。

もし団地のおばちゃんたちが、すき間にものが挟まって困っていたら、家具を動かす手配をする前に、自分がこの棒を持ってかけつけてもいい。

奈津子はにこにこそんなことを考えていた。


次の日もノエチから連絡はなかったけれど、メルカリで商品を買ってくれた人からの評価に、

「梱包がとってもステキでした！」

とコメントがあって嬉しくなった。献立は、一部を一日目とテレコにして、夜は予定通り、チャーシュー丼にする。伏見とうがらしのような、辛みのない甘長のとうがらしとネギを炒めて、ごはんの上に敷き詰め、そこに細切りのチャーシューをのせる。ノエチの好きそうな味、と思ったけれど、やはり訪れなかった。

ただ、きっと明日には来るだろうと奈津子は思っていたから、翌日は朝のひと仕事を終え、十時頃、ゆっくりベランダに出て紅茶を飲んでいると、予想通り、あちらか

らノエチが歩いて来た。

目が合って、奈津子が手を挙げると、ノエチも手を挙げた。すました顔をして、近づいて来る。

「今から行くよ」

とノエチが言う。

「うん、行くよ」

と奈津子は答えた。

「ちゃんとお花も用意しといたよ」

ノエチは自慢そうに花束を見せた。「なっちゃん、用意してないでしょ」

「うん、してない」

「すぐ行く?」

「一瞬待って、支度するから」

入口のほうを指で示すと、ノエチは建物の入口側に回った。玄関を開けて迎え入れると、これでたぶん今回の喧嘩は終了だった。

四十五年ほどの付き合いで、だいたいわかっている。

奈津子はノエチに台所の椅子を勧め、iPadを持って来て、自分の打ち込んだ「サウンド・オブ・サイレンス」をまたかけた。ドラムが大人しくなった、セカンドバージョンだった。

「きのう、冷蔵庫の脇にワサビのチューブが落ちちゃってさあ、取るのが大変そうで焦ったんだけど、ドンキで買ったいいものがあったんだ」

支度の途中にそんな話までして、

「これで見事取ったの」

先が手になった指し棒の現物をわざわざ見せると、

「それ、ドンキじゃないよ」

と、ノエチが言った。まだちょっと口をとがらせている。「フライングタイガー。原宿か、新宿の」

「そう?」

「うん、私も色違いで持ってるから。なっちゃんのが銀で、私のが金。一緒に買ったんじゃん」

そこまで言うと、さすがにバカバカしくなったのか、ノエチもしっかり笑顔になった。

「そっか、じゃあ、ふたりでこの棒持って、お助けに行けるね。団地のおばちゃんたちを」

「いつも持ち歩いてようか、どっかに挿して」

「パトロールだね」

奈津子は着替えをすませると、スマホとカギ、小銭入れだけ持って部屋を出た。相変わらずきちんとショルダートートをかけたノエチといっしょに、まっすぐ三号棟へ歩く。

ちょっと息を切らせながら四階まで上り、懐かしいドアの前に立ってチャイムを押した。

「わー、なっちゃん、野枝ちゃん、今年もふたりで来てくれたの」

空ちゃんのお母さんが、満面の笑みで迎えてくれる。大人になってから来られない年もあったけれど、ここ十年はいつもふたりで訪れていた。

奈津子、ノエチの順で、空ちゃんの仏壇にお線香を上げ、おりんを鳴らし、手を合わせる。

今日は空ちゃんの命日だった。

写真の中の空ちゃんは、いつも心から楽しそうで、ずっと変わっていない。ひどく寒い冬の日に、空ちゃんとノエチと三人で腕を組んで、押しくら饅頭《まんじゆう》みたいに、体をぴったりくっつけながら歩いたことを奈津子は思い出した。

「空ちゃんの好きなお花、ふたりが持ってきてくれたよ」

ノエチが用意した花束を、さっそくお母さんが大きな花瓶に生けて運んで来てくれた。まん中の真っ白いポンポン菊が可愛らしい。

それからお茶とお菓子をご馳走になり、三人で空ちゃんの思い出話をした。

奈津子たちと、保育園や公園で遊んでいるときの話だ。わがままな子が近寄って来て、今すぐブランコかわってとか、早く砂場をつかわせてとか、ずいぶん無茶な要求をしても、にこにことゆずってあげるのが空ちゃんだった。

「空ちゃんはやさしいから、そういうとき、いいよって言うんですよ。自分が損しそうなことでも、いいよって」

ノエチが懐かしそうに話している。

「うん。呑気な子だからね」

四十年も前に亡くなった娘のことを、お母さんが目をきらきらとさせて言う。

中学のとき、団地内の保育園の前で、奈津子はノエチに言ったのだった。

「ずっと空ちゃんがここにいて、遊ぼうって言ってる気がするね」

それから、こんなことも。

「だから、私はずっとこの団地にいて、空ちゃんが、遊ぼう！　って言ったら、うん、なにする？　って答えるの。そう決めてるんだ」

「ずるい！　私もそうする！」

ノエチが同調したのは、もちろん思春期らしい幼い感傷だったのだろうけれど、ふたりとも成人して一旦出て行った団地に、こうして舞い戻ってみると、まるでそのときの願いがかなっているようにも思えた。

あとはこのまま、ずっと空ちゃんと一緒に暮らすのもいいかもしれない。

奈津子はふとそんな気持ちにもなった。

むかしは同い年だったのに、親子くらいの年の差になり、たぶん今では、孫とおばあちゃんに見えるほどの差だろうけれども。

一時間ほどお邪魔して、ノエチがそろそろ仕事に行くというので、一緒に空ちゃんの家を出た。

空ちゃんのお母さんには、おばちゃん、またすぐ来るね、と約束して。

実際は団地の中や、スーパーでばったり会うことのほうが多くて、家に上がるのは年に一、二度になってしまっているけれども。

ただ空ちゃんは、いつだって近くにいる気がした。

「自分のぶんのスパゲティが少ないって、給食でノエチが大泣きしたときも、泣かないで、って空ちゃんが分けてくれたよね」

そんな古い光景も、すぐに思い出せてしまう。その出来事は、太田野枝、スパゲティが一本足りなくて泣いた事件として、地元男子の間でも長く語られていたようだった。

「遠足のとき、ずーっと青い顔してるなっちゃんの面倒、空ちゃんがせっせとみてたよね。ティッシュ出したり、ハンカチぬらしたり、ビニール袋用意したり、トイレについて行ったり」

ノエチが言い返し、それからハッとした顔をして笑った。「墓守をしてたわんこって、空ちゃんだった。私たちのどっちかじゃなくて」

「ホントだ」

奈津子も笑った。「ノエチのわけないじゃんね。すぐ鼻息荒くして、口で言い負かそうとするんだから」

「なっちゃんみたいな、へたれなわけないよね」

長い付き合いの友は、赤いショルダートートを右肩にかけ、なんだかだるそうに歩いている。舗道に落ちた黄色い銀杏の葉を、ずるる、ずるると引きずりながら。

これから学校に行く先生の足取りとも思えない。

「カバンが重いせいで、仕事が嫌なのかもよ」

これは意地悪でもなんでもない、心から案じて奈津子が言うと、

「べつに、仕事は嫌じゃないから」

太いフレームのめがねをかけたノエチは、ゆっくり首を振った。

「え、そうなの？　じゃあ、なんでいつもあんなにへこんでるの。なにが嫌なの」

「人間関係」

「ああ」

奈津子はうなずき、黄色い葉をくしゃっと大きく踏んだ。

「それに、軽くなったから、カバン」

ノエチが待っていたように言った。「これ、中身全部出して、整理したから」

「うそ」

奈津子は言い、やわらかな革製の赤いトートに手を伸ばした。持たせてもらうと、確かに、以前のずっしりした重さよりはだいぶ軽くなっている。

「なにがいらなかった？　なにを出したの？」

その質問には答えずに、ノエチは奈津子からバッグを取り戻した。

「じゃあ、なにしてた？　最近。中澤さんの個展に行ってから」

この質問には、

「え？　あれからずっと、学生のレポート読んでたよ」

それが正当な仕事というように、ノエチはとぼけていた。

「怒ってたんでしょ、個展行った日から。ね、怒ったんだよね」

しつこい奈津子が訊くと、

「ん？　なんで」

「だから来なかったじゃん、うち」

「え、行かなかったっけ」

もっと、とぼけている。

奈津子は一緒に団地を出て、駅のほうに向かった。

「今日は満洲に行って、ぎょうざ買おっかな。ノエチが来ない間に、静岡からいいお茶と新米が届いてるから。今日はそれを炊いて、夜はぎょうざ。生のを買って、焼きたてで」

奈津子は「ぎょうざの満洲」ではないべつの中華チェーンで昔バイトしていたから、餃子の焼き方には自信がある。どんな餃子でも、パリパリの羽根つきに焼くことができる。

「餃子とご飯か、じゃあ、早く仕事終わらせてこよっかな」

ノエチが言う。仕事を頑張ってこよう、じゃないところがいかにもノエチらしい。
四、五日ぶりに友と話す奈津子は、なんだか嬉しくなった。

○本日の売り上げ
ピンク電話四六〇〇円（〈千代の寿司〉のママと折半）。
新幹線型駅弁の弁当箱（陶器。ドクターイエローバージョン）一二〇〇円。
写真の引き伸ばし用レンズ一八〇〇円（八号棟の若林《わかばやし》さんちのおじちゃんと折半）。
○本日のお買い物
満洲の生ぎょうざ（十二個入り。特売日価格）二八〇円。

第五話

出られない、いや、出たくない

1

シュウカイドウのムカゴを友だちに送ったら、

〈タネ、どうもありがとう。リフォームが終わったら植えることにするよ〉

とLINEのメッセージが届いた。

〈リホーム？〉

奈津子は打ち間違えたままメッセージを返し、つづけて詳しい話を聞くと、近々、自宅のリフォームをするので、しばらくの間、仮住まいになるとのことだった。

家具はそのまま置きっぱなし。荷物をダンボール箱に詰めて、あとは貴重品だけ持って出れば、業者が移動させながら作業してくれるという、そこそこ身軽そうな話だったけれど、とはいえ2LDKだか3LDKだかの立派なマンション。お手洗い以外、ぜんぶをリフォームして、工期が二ヶ月ほどかかるらしい。

〈どこに住むの、その間〉

訊ねると、どうやら滞在先を決めかねて、困っている様子だった。

〈え、うち来る？　部屋あいてるよ、今ちょっと物置になってるけど、移動させればすぐ〉

半分冗談で提案してみると、

〈いいの？〉

思った以上に食いつきがいい。半分は冗談だったけれど、もちろん、本気にされて心底困ることなら、たとえ冗談でも持ちかけなかった。

〈いいよ、困ってるなら、遠慮しないで声かけて〉

奈津子が返信すると、しばらく間があってから既読になり、

〈ありがとう。どうしようもなくなったら、そのときはお邪魔します！〉

丁寧な返信メッセージが来た。


「やばい！　なっちゃんちに男が！　いよいよ断捨離だ！」

その話を聞いたノエチはにやにや笑ったけれど、男といっても古くからの友人で、

まったく色恋の香りがする相手ではない。

「だって、浅野《あさの》君だよ？　本の虫の」

「そんなの、わかんないじゃん。全然そんなつもりじゃなかったのに、気がついたらいい仲になってた、なんて話、この世にどれだけあるか。前に読んだ西炯子《けいこ》の漫画もそんなだったよ」

「漫画って」

漫画基準で話すなら、明日なにがあっても驚くことはない。謎の知的生命体に寄生されても、不老不死のバンパネラに遭遇しても、それこそ異世界転生したって、漫画の中でなら、よくある話だ。

浅野君のことは、彼が大学生だった頃から知っている。奈津子がイラストの仕事をはじめてしばらく経った頃、よく出入りした編集部で原稿取りのアルバイトをしていた。若いスタッフの多い職場で、アルバイトやフリーの出入り業者、社員や業務委託といった立場の違いにかかわらず、よく大勢で連れ立って遊んでいた。

団地を出て、奈津子がはじめて借りたアパートが、たまたま浅野君の下宿と最寄り駅が同じだったから、そういった遊びのあと、たびたび帰りがいっしょになった。浅野君は大学生といっても、確かもう六、七年通っていて、年齢は奈津子とあまり変わらなかった。下宿は当時でも少なくなっていた風呂なしのアパートで、奈津子の住まいよりも駅からずっと遠かった。

小柄で、照れると頬がほんのり赤くなる青年だった。まったくグイグイ来ない、おだやかな性格なのが好ましく、ふと思い立って奈津子が自分のアパートで育てた朝顔の種をあげると、何ヶ月か経って、「白い花が咲いたよ」とはにかんで言った。

それからの園芸仲間だった。

奈津子がなにか種を収穫すると、一方的に渡す。

シュウカイドウのムカゴを送ったのも、そういった付き合いがずっとつづいているからだった。

朝顔のやり取りからは、優に二十五年ほどが経つ。

「そろそろ心配してたんだよね、浅野君、ひとり暮らしだから。まあ、リフォームするっていうなら、元気なんだろうね」

車で送ってもらう都合上、何度もいっしょに彼の家に上がったことのあるノエチに言うと、

「たぶんね。でも、どうすんの？　本当に二ヶ月ここに住まわせてって頼まれたら」

これは案外真面目な顔をして訊く。

「頼まれたら？　それは、一つ部屋を片づけて、来てもらうよ。友だちだからね」

奈津子の答えに、ふーん、とノエチはうなずいていた。

2

シュウカイドウはベゴニアの一種で、漢字で書くと秋海棠。中国原産の植物が、江戸時代に日本に持ち込まれて人気になったらしい。小さな種子のほかに、開花のあとで葉のつけ根なんかにできる球状の芽、つまりムカゴが落ちることでも殖《ふ》える。

一昨年、ノエチの運転で浅野君もいっしょに新井薬師の骨董市に出かけたとき、江戸後期のものだという、うさぎとシュウカイドウの絵柄の皿を見たのだった。

きれいな藍色のお皿だった。奈津子はひと目でそのお皿を気に入ったのだけれど、値段が高くて手は出せず、それからシュウカイドウのことが気にかかっていた。

調べると、ムカゴで殖やせるということだったので、メルカリで見つけたシュウカイドウのムカゴ三十個セット（三〇〇円）をさっそく買い、ベランダから見える位置にまくと、特別な苦労もなくうまく育ち、今年はきれいなピンクの花を咲かせた。

一体ムカゴがどうできるのか、奈津子は興味津々だったけれど、枝のあいだにたくさんあるのを見つけて嬉しくなった。

新型コロナの影響もあって、浅野君とはしばらく会っていなかったから、元気？シュウカイドウ、育ててね、と手紙を添えて、いきなりムカゴを送ったのだった。

学生時代、風呂なしのアパートに住んでいた浅野君は、どうやら資産家の息子だったようで、三十歳を機に、もとはお兄さんが使っていたという分譲マンションを一戸譲り受けて、それからはいかにも高級そうなマンションでひとり暮らしをしていた。

「いいなあ、お金持ちで」

と、やっかむ向きもあったけれど、五十歳手前になってもひとり、一室を観葉植物、もう一室を本棚が占める自宅で、文学者を志し、日々執筆と考えごとをしているらしい彼の悩みは、たぶんお金とは無縁のところにあるのだろう。

奈津子はそう思うタイプだったので、べつに詳しいことはなにも訊かず、彼が東日本の震災のあとにお米や缶詰やトイレットペーパーなど生活物資を買い込んでしばらく引きこもったときも変わらず、ただ折に触れて連絡をし、植物の種があれば送り、たまには会うようにしている。

そういう友だちだった。

ずっと売れなかった楽譜が、何回か値下げをくり返して、ようやく入札された。

「売れた!」

と喜んでいると、終了間際にべつの入札者があらわれて、ほんの二、三〇〇円だったけれど、値段が上がって終了する。

そんなことが三回つづいた。

「なぞだね、この動き。これなら値下げする前のほうが、まだ安く買えたのに」

スマホの画面を見ながら、奈津子がしみじみと感想を述べると、

「いらないかな、って一回判断しても、もう売れちゃう、って思うと、やっぱり惜しくなるんだよ」

ノエチが人の心の動きを分析した。

たまたまそのときに出品を知った可能性もあるけれど、度重なると、やはりノエチの考えが正しい気がする。

「ありがとう、さようなら」

今日売れた竹内まりやの楽譜を丁寧に梱包して、奈津子は発送の準備をした。

これで楽譜も、残りは五冊になった。

今、出品しているのは、イルカ、ニール・ヤング、エルトン・ジョン、井上陽水。そして気になるサイモン&ガーファンクルも、五五五円まで値下げして、まだ売れずに残っている。

「なっちゃん、それはもう自分で持ってれば？ きっと運命の出会いだって」

「え～、そうかな。もし入札されたら、私も慌てるのかな。急に出品を取りやめちゃったりして」

奈津子はさらっと応じると、すぐにｉＰａｄを操作して、自分が手弾きで打ち込んだ「サウンド・オブ・サイレンス」を流した。またドラムを変えた、サードバージョンだった。メロディのキラキラ音も少し変えたせいで、どこか昭和歌謡の名曲、由紀さおりの「夜明けのスキャット」っぽくも聞こえるようになった。

「やめて。なんか、洗脳されてる気分」

こたつにどっぷりつかったノエチが、両手で耳をふさぐポーズをする。

十二月に入るとさすがに寒い日が多くなり、奈津子はちゃぶ台のかわりに、居間にこたつを出したのだった。

大きめのウールラグを敷き、分厚いこたつ布団をかけ、重い天板をのせる。

これで春までは、ぬくぬく、ぐずぐずと、こたつに足を入れて過ごすことになる。

朝ごはんをつくり、こたつに運んで食べながらぬくぬく。

もちろん、お昼ごはんも、晩ごはんも。

絵を描く仕事も、オークションやフリマアプリでのやり取りも、こたつに持ち込んでぐずぐず。

ブルーレイや配信で見る映画も、おやつを持って来て、こたつの中でぬくぬく。

仕事帰りのノエチも、さっそくこたつに滑り込んで来た。

「見て。これ、描いたよ」

奈津子はコピー用紙の裏にさらさらと描いた遊びのイラストを見せた。

ガリバーみたいに大きく、どてんと横たわったリアルタッチの女性が、「もう仕事行きたくない」とこたつに入ってつぶやいている。そのまわりを、もこもこの白い服を着た少女が、いろんな表情をして取り囲んでいた。

心配そうに。楽しそうに。呆れたふうに。怒ったふうに。びっくりしたふうに。

「空ちゃんとノエチ」

奈津子が説明すると、ノエチはふっと笑い、目を細めた。

3

「なっちゃん、なっちゃん、今年はデパート行く？　大晦日」

　佐久間のおばちゃんに声をかけられて、奈津子は十二月ももう半ばを過ぎていると気がついた。

「え〜、予定はないですけど……なにか、ほしいのありますか」

「うーん、もし行くんだったら、いろいろお願いしたいんだけどね」

　大晦日のデパートに、投げ売りのおせちなんかを買いに行ったのは、コロナ前の一昨年が最後だった。

　だいたい夕方五時か六時で店舗は閉まるのだけれど、その一、二時間前から、食料品の値引きがはじまって、売り場は大賑わいになる。大きな桶に入ったにぎり寿司（四人前くらい）を持ち上げたおじさんが、人波に押されてくるくる回っていたりする。何年か前、遊び半分でノエチと行ったのが恒例になり、奈津子の母親も同行したり、もちろんノエチの家の買い出しを頼まれたりもした。たまたま出がけに佐久間のおばちゃんに会い、なにかいりますか、と声をかけたことがあったから、そのときのことを覚えていたのだろう。

奈津子にすれば、年に一度のことだったし、ノエチの運転する車でなら、ぎりぎり無理のきく遠出といった感覚でいたのだけれど、正直なところ、まだちょっと人混みは避けたい気分だった。

「まず、ノエチに予定訊いてみますね」

奈津子は返事を先延ばしにした。

佐久間のおばちゃんは、これから集会所で知り合いにお別れをするのだと言った。他に身寄りのない人のお別れの会を、団地内の集会所でときどき執り行っている。

「冬だからね。年取ったら気をつけないといけないのよ」

いつものスポーティな格好に、長いコートを羽織った佐久間のおばちゃんが言った。

念のため、浅野君にその後のことを訊くと、仮住まいの先はどうにか見つかりそうとのことだった。

「よかった」

奈津子は安堵のため息をついた。二ヶ月間、彼と同居することよりも、そのために部屋をきちんと片づけることのほうが、考えれば大変な気がした。

コロナの巣ごもりで部屋の整理をする人が多いのか、これ、売れるかな？　と団地の住人から持ち込まれるモノの数はあきらかに増えていたし、奈津子自身も、持ち物を少しは減らそうと、長年のコレクションから余分を少し売りに出しているのだけれど、当然それがすぐに売れるとはかぎらない。

出品後、売れるまでは、在庫として玄関脇の和室に積まれている。

しかも、オークションをしょっちゅう見ているせいで、余分を売っているはずが、ついコレクションの充実をはかろうとしてしまったり、レトロな食器や文具、ハギレなんかを見れば、う、可愛い、と買い求めたりしてしまう。

その戦利品がどんどん増えていた。

自分の持ち物が三つ売れる間に、二つ新しく買ってしまうかもしれない。あるいは二つ売れる間に、三つ買ってしまうことも。ずいぶん前に出品したものが急に売れると、どこにしまったのか、探すのに慌てることもあった。

「もう絶対に引っ越せないね、ここから」

仕事の帰り、歩いてすぐの自宅には帰らずに、ひとの家のこたつでずっとぬくぬくしているノエチが言った。

「うっせえわ」

奈津子もこたつに入って乱暴に答えると、

「古っ」

と笑われた。もう、古かったのか。

「今、ノエチの持って来た同人誌がいっぱいなんだから。ヘタリアだとか、タクミくんシリーズだとか。ゲゲゲのギアスだとか。出品するの、大変なんだよ」

「あ、ども。すみません」

素直に謝ったノエチは、ちらっと奈津子のほうを見ると、

「なっちゃんなんて、へんな袖の服きてるくせに」

と小声で言った。

もちろん袖がラッパのかたちに広がった、ひらひらの白いニットのことだろう。

4

クリスマスは奮発して、烏山までケーキを買いに行った。

またぼちぼちフリマアプリとオークションの売り上げがたまってきたから、それを大きく利用してもいい心づもりだった。

といってもノエチとふたり、自転車でお目当ての洋菓子店を訪ねると、ホールケーキではなく、ピース売りの苺のショートケーキを二つ買い、あとは近くに戻って、いつものスーパーコゼキで、できたてのローストチキンを二本買った。

それくらいのお祝いが、ちょうどいい気分だった。

飾りつけはなにもない、こたつで過ごすクリスマスだった。

甘いケーキと合わせると、ノエチが選んだ苦いコーヒーも美味しいと知った。

「ねえ、なっちゃん、知ってる？　こういうのって、嫌いな人は、本当に嫌いなんだって」

　こたつに入り、なるべくそこから出ないように出ないように、相手に用事を押しつけ合いながら配信で映画『卒業』を見終えると、ノエチが言った。

「こういうのって、ストーカーみたいなの？」

　奈津子は訊いた。それは映画の中での、ダスティン・ホフマンの行いだった。彼女の母親と関係を持ったことを、自ら告白した彼を一旦は拒絶しながらも、大学からデート先の動物園、ついには結婚式場まで追いかける彼を選んだヒロインは、当時の感覚でも、十分うっかり者かもしれない。奈津子とノエチのあいだでは、そういう結論に達したのだ。

　ただ、サイモン&ガーファンクルのテーマソングを聴くと、奈津子はまるで自分が演奏しているような感激を覚えた。もちろんそれは勘違いだったが。

　やはり名曲だった。

「ストーカーのことじゃなくて、こたつでぬくぬくしてる人のこと」

「うそ、なんで。最高じゃん」

「だらしがないって」

ノエチが残念そうに言うと、ああ、と奈津子は答え、それから、ようやく意味がわかった。

「え、うちらの話？　卒業のカップルじゃなくて？」

「卒業にこたつは出てこなかったよ」

よ、と丸くしたくちびるに、さっきつまんだ、のり塩味のポテトチップスのかすがくっついている。

奈津子はクリネックスの箱をぐいと押し、

「ノエチ、ここ」

自分の口を指さして言った。


サイモン&ガーファンクルの楽譜は、三三三円に値下げすると、二日目に入札があった。

しかも入札が一件あってから、ウォッチの数が急に増えたようだ。ここでも例の法則、誰かが買おうとしているとわかると、やっぱり自分も欲しくなる、という謎の力が働くかもしれない。

奈津子はそう考え、三日目の終了時刻を楽しみに待ったけれど、残念ながら二件目の入札はなく、三三三円のまま終わった。

それでも、これでお別れかと思うと、ほんのりさびしいほどには、この二ヶ月を楽しませてもらった。

いつも通り丁寧に梱包し、素早く発送をした。

大晦日は佐久間のおばちゃんの期待にこたえ、新宿のデパートに買い物に行くことにした。

どうせ買い出しに行くなら、忘年会か、新年会でもしようかと考え、浅野君に連絡すると、

〈ごめん！　今、親族そろって温泉旅行中♨〉

と、のんきなメッセージが届いた。それはよかったと安心した。

よいお年を、とメッセージを送る。来年、シュウカイドウの花が咲く頃には、また落ち着いて人と会えるようになっていたらいいなと奈津子は思った。

「これ……お友だちからも頼まれちゃったんだけど」

佐久間のおばちゃんからは、栗きんとん×2、伊達巻×2、なます×1、かまぼこ×2、いくら醤油づけ……ずらりとリストアップされた買い出しのメモと、折りたたんだお札二枚の入ったがま口を預かった。

「はい、二万円預かりました。レシート、もらってきますね。もし買えないのがあったらごめんなさい」

はじめにちゃんと謝っておく。ノエチの運転する軽自動車で、二時半に団地を出発し、マーキングポイントで一回トイレに寄ってから、デパートの駐車場の渋滞にしばらく並び、店舗に入ったのは四時だった。

ちょうど安売りのはじまる頃で、地下の食料品売り場には、やはり人がごった返していた。帰省土産なのか、お年賀なのか、自宅用なのか、有名菓子店の列に整然と並ぶ人と、目的の品を求めて、ふらふら、きょろきょろ歩く人とが交錯し、買い物を分担しようと企む家族連れが、その分担の仕方をめぐって、揉める声が聞こえる。テナントごとの買い物はまだしも、集中レジにはすでに長蛇の列が見える。

二〇二一年の暮れ、東京の人たちは新型コロナウイルス感染症への恐れより、デパ地下の投げ売りのお正月食品に躍っていた。

奈津子はその光景をしっかり目に焼きつけた。

佐久間のおばちゃんからの頼まれものと、ノエチの家のものを買うのに疲れてしまい、自分たちにはマグロの寿司折りと、味の濃そうな江戸風の野菜煮だけを買った。

それを一旦車に運び、さらにもう一度、という気にはなれなかったから、そのままデパートではなく、近くの地下街まで歩き、上にレストランもある安売りスーパーで、手打ち風の十割そばと、惣菜売り場の海老天二本を買った。

こんな日に新宿の安売りのスーパーはがらんとしていて、四〇〇〇円のゆでガニのパックがちょうど半額に値引きされたので、それを買い、あとはノエチの足のような(と口にして、古っ、と笑われた。昭和のころにはよく聞いた冗談だった)太い大根も買って、狭いサッカー台でエコバッグ二つに詰めた。

帰りの道は、すいていた。

本当にこれでコロナは終わるのか、新型株の名前をめずらしい呪文のように思い浮かべながら、

「全部、側道で」

運転手のノエチに一番簡単な指示をして、奈津子はどうしても苦手な乗り物に静かに耐える。

ノエチはそんな奈津子の気持ちを少しでもほぐそうと思ってくれているのだろうか。「名店のおせち、半値でたくさん買って、ミニのお重に詰め直して団地で売ったらもうかるんじゃないかな」だとか、「その余った料理で、うちらのおせちは簡単に作れるよね」だとか、本当に大学で教えているとも思えない、どうでもいいことをずっと話している。

行きの道にはマーキングポイントが多くあったけれど、帰りの道には一つもない。それほど家を離れるのがこわかったのかと奈津子はあらためて考えていた。

団地の駐車場からまず一度、荷物を奈津子の部屋に置き、それからノエチとふたり、同じ棟の三階まで、頼まれた買い物を届けに行った。

「わ〜〜、どうもありがとう。助かっちゃう」

エプロン姿の佐久間のおばちゃんが、満面の笑みで迎えてくれた。玄関からもう、出汁《だし》のいい香りがする。

「ほかの人に頼まれたぶん、よかったら、ついでに届けちゃいましょうか」

がま口を返し、買って来たものをリストと照らしてから奈津子が申し出ると、

「いいのいいの、あとでみんな取りに来るから」

とおばちゃんは言った。そしてひらひらの白いエプロンのポケットに手を入れると、

「一日早いけど」

と順番にお年玉をくれた。いいです、いいです、とノエチとふたり断ったけれど、やはり押し負けて、お年玉、と筆文字で書かれたナショナル坊やのポチ袋を、ありがたく受け取ることにした。

「あと、これ、やつがしら」

おばちゃんは得意の煮物を、タッパに分けておいてくれた。「いつものもので悪いけど」

「ありがとうございます。おばちゃんのやつがしら、最高ですよ」

「本当、大きくてねっとりとしてて」

ノエチと口々に言う。

「あらま、うれしい」

おばちゃんは、ぽっと頬を赤くして言った。「明日はどこか行くの？　元日」

「八幡様にお参りに行くくらいで、あとはたぶん、ノエチとゴロゴロ」

「いいわねえ、寝正月」

「いつも通りです、おばちゃんは？」

「ここのお友だちと新年会よ。息子夫婦は三日まで来られないって言うし、でもやっとコロナもおさまって来て、よかったわ」

「本当に」

「じゃあ、よいお年を」

「よいお年を」

奈津子たちも言った。

老朽化の著《いちじる》しい、コンクリの階段をゆっくり下りながら、奈津子は団地の他の棟や、そのまわりのゆったりした敷地、植え込みや菜園、さらにそれを取り巻く、外の大型マンション、ビル、幹線道路のまばゆい光を見た。

「なんかオアシスみたいだよね、ここって」

一度離れたから、余計そう思うのかもしれない。

あるいは、いずれは出て行く場所。もうじきなくなりそうな場所だからだろうか。

「よく言えばね。悪く言えば、ここだけずっと昭和」

ノエチは言い、それから小さく首をかしげ、べつに悪くないか、いいじゃん、テーマパークみたいで、とひとりごちた。

「でも、どうする？　正月早々、建て替え計画が進んで、取り壊しの日にち決定、立ち退き期限の連絡なんて来たら」

ノエチに訊かれ、奈津子は考えた。

「そしたら、どこかの棟に立てこもろうかな。ここを出て行きたくないおばちゃんたちと一緒に」

佐久間のおばちゃんや、芸達者な福田さん、それから何人かのおばちゃんの顔が思い浮かぶ。空ちゃんのお母さんも、一緒に残ってくれるかもしれない。

「なんかそれ、過激派っぽくない？　活動家っていうか」

学生運動の時代の育ちではなかったけれど、今も大学に馴染みのあるノエチが言った。「行政代執行になって、ふたりが連れて行かれるのが見えるなあ」

「ふたり？」

奈津子が聞き返すと、

「なっちゃんと」

わたし、と口のかたちで言い、ノエチは自分の顔を指さした。不覚にも泣きそうになったのを奈津子はどうにかこらえ、

「ん、ノエチなんて、頭よさそうで、主犯に見えるから射殺だよ、射殺」

階段を下りきって言った。「狙撃手があっちの棟の上から狙ってて、ぱしっ、ってこめかみを撃つの。それで私が、ノエチーって叫んで終わり」

「ひっどい」

「じゃあ、ノエチのあとに、私もぱしっと心臓撃たれて、それに怒った佐久間のおばちゃんが、ずっと押し入れに隠し持ってた戦時中の手榴弾を出して来て、ぴゅっ、って窓から投げるんだけど、やっぱり狙撃手に撃たれて即死」

「もっとひどい。人、死にすぎ。アメリカン・ニューシネマみたい。それに佐久間のおばちゃんって、たぶん戦後生まれ」

膝丈のダウンを着たノエチが、笑いながら言った。

ノエチは自宅用のおせちを一旦持ち帰ると、すぐに選りすぐりの一段重を作って戻

って来た。

たぶん、他にはなにもしていない。

ちょっとは家のこと手伝いなさいよ、ほら、野枝、お風呂掃除、お風呂掃除、とお母さんが腰にすがりつくのを、イノシシのように身をよじり、振り切って訪れたようなスピードで、ささっと、こたつの定位置に入った。

ふんっ、と鼻息を荒らげている。

「いいの？　ちょっとくらい、家で年越しっぽいことしなくて。お正月とか」

「したじゃん、今。おせちのデリバリー。名店のが半額だよ」

「あ、そ」

「それに、いいよ。明日はどうせ、アニキの家族が子どものお年玉もらいに来るし。私はなっちゃんちでお正月って言ってきた」

「あげないの？　姪っ子にお年玉」

「あげないよ、ナルになんて。お小遣い、ものすっごくもらってんだから。こっちがお年玉もらいたいくらい」

「おとなげない」

奈津子は笑い、予定通り、マグロの寿司折りを開けようと台所に立って、わっ、と慌てた声を上げた。

「なっちゃーん、どうしたの」

たぶんノエチがこたつに入ったまま、のんきな声で訊く。

「カニ！　水びたし」

奈津子は答えた。ゆでガニを包んだビニール袋から、生臭い水がしみ出して、エコバッグの中がすっかり水びたしだった。そんな様子はなかったし、しっかりしたビニールに見えたので安心していたけれど、中でカニの解凍が進んだのだろう。

いっしょに入っていた十割そば、海老天のパックをどうにか救い出し、中身を取り出してパックを捨てる。カニもビニール袋から出し、エコバッグを水洗いした。

「ノエチ、全然手伝わないじゃん」

べつの場所にあった寿司折りは無事だったので、それと九州の甘いしょうゆを運んで文句を言う。「一回、こたつから出ようか」

「出ない。出られない」

冬の魔物のような家具、こたつとすっかり一体化したノエチが、目を閉じて首を振った。

「あんた、ダメ人間か」

「そうだよ、そんなの知ってるじゃん」

あまりのひどさに奈津子は笑い、いいほうの日本茶をいれ、デパートで買ったマグロづくしの寿司をつまんだ。

「しっかりしたビニールに見えたから、安心してそのまま入れちゃったんだよね」

奈津子は反省の弁を述べた。「ちゃんと二重にしなきゃダメだったね。レジ袋でもなんでも、一定の割合で不良品があるっていうよね。テレビで見たんだったかな。プラスチック製品だったたか、一〇〇個に一個は、どうしても不良品が出ちゃうんだって」

「うちらみたいじゃん」

ノエチが軽い調子で混ぜっ返す。不良品とは思わなかったけれど、おそらく「はぐれ者」ではあるのだろう。

「そっか、一〇〇個に一個同士が遊んでるってことか。貴重だね」

奈津子がつい感心すると、

「じゃあ、一万分の一の仲？　そんなにいいもんじゃないね。類友、類友」

鉄火巻きをぱくりと頬張り、ノエチは笑った。

「若い頃、もっと大勢でやったねえ、朝まで忘年会」

奈津子は言った。むかしよく遊んだグループとは、誰かが離職したり、郷里に帰ったり、出世したり、異動したり、メンバー同士仲違いしたり、みんな家庭を持って立派に暮らしていたりで、今ではほとんど付き合いがなくなってしまった。

「いいよ、今はふたりで」

とノエチは言った。

貴重な「はぐれ者」仲間の浅野君に、こっちの様子を知らせようと、こたつの天板の上の写真を撮って送ると、彼からは宴会場の、ずらり並んだ豪勢な料理の写真が届いた。

〈どこ温泉？　なんていう宿？〉

ノエチの質問を奈津子がかわりに送ると、北陸の温泉宿の名前が返って来る。

「すっごいね、ここ。チョー有名。高いよ一泊」

ノエチが感心したように言った。「浅野君ちって、なんなんだっけ、お医者さん？」

「九州で病院やってんのかな。それで親族、みんなお医者さんだって。お兄さんも、妹さんも、その旦那さんも医者」

「あー、それははぐれ者かも」

「でも、ニコニコしてるんだよね、本人。いっしょに温泉旅行しちゃうし」

「いいね、それは」

ゆでガニをもう一度ボイルして、特製のカニ酢でいただく。安売りスーパーの、半額のゆでガニも甘くておいしかった。

殻を片づけ、手をきれいに洗ってから、二煎目のお茶をいれ、こたつにゆっくり入ると、奈津子はもう新年の目標を書き出した。

いつものコピー用紙の裏に。

もちろん可愛いイラスト入りで。

一、コロナが落ち着いたら、営業日も営業時間も、メニューも適当なカフェをどこかで開く（店番・ノエチ）。
一、ノエチとなんでも屋を仕事にする。

一、空ちゃんの絵本を描く。

最初のひとつは、ずっと前からの悲願だった。そのために、奈津子は少しずつお金をたくわえている。

年内最後のフリマアプリでの売り上げは、ノエチからあずかったヘタリアの同人誌で、売価は三〇〇円だった。購入者からの連絡事項は、送り状の商品名には、絶対に「同人誌」と書かないこと、「漫画」にしてくださいとのことで、それをノエチに伝えると、

「当然でしょ。そうしてあげて」

と諭すような口ぶりで言った。

やはり昭和をなつかしむ年越しは、紅白歌合戦で、とチャンネルを合わせていたけれど、去年一番心にしみた五木ひろしの「山河」（小椋佳作詞）が聴けないのはつらいとノエチが騒ぐ。

奈津子も途中で退屈になり、やはりネット配信の映画にしようと、ふたりともちょ

っとお気に入り、成田凌も出ている『街の上で』を視聴しているうちに、これだけは見たいと思っていた東京事変と薬師丸ひろ子の出番は終わってしまった。

それから奈津子が急いで用意した、海老天と紅白のかまぼこ、菜の花の入った年越しそばを食べはじめると、あと数分で年越しだった。

時刻が零時を過ぎてから、奈津子はノエチとふたり、あけましておめでとうを言った。

「今年もよろしく」

「今年もよろしく」

テレビのゆく年くる年が、ぼーん、と除夜の鐘の音を響かせている。

すぐに静岡にいる母親に電話をかけ、ノエチとふたり、口々におめでとうを言うと、

「あら、まあ、今年もなかよしねえ」

まるで団地内の保育園にいた頃と変わらないように言われた。

○本日（一月一日）の売り上げ

未定

○本日（一月一日）のお買い物

未定

解説

原田ひ香

『団地のふたり』の単行本が出た時にすぐに読んで夢中になり、ＳＮＳでも口頭でも人に薦めまくった。さまざまな媒体で「最近読んでよかった本はなんですか？」と聞かれて何度も挙げた。さらに、くり返し、くり返し、なめるようにして読んだ。

その甲斐あってか、こうして解説を書かせていただけることになり（たぶん、私の愛に、半ば呆れ、半ば諦めてご依頼くださったのだと思う）、はたと考えている。

「この小説の魅力、『団地のふたり』の神髄ってなんなんだろう？　私はなぜ、これほどまでにこの小説に惹かれるのだろう、と。

理由の一つにはすでに気がついていた。

五十代の女性を主人公にした物語というのが、存外、少ないのだ。自分自身もほとんど書いていない。この本を開いてはじめて、「あ、五十代を書いていなかった」と逆に気がついたくらい、五十代というのは盲点だった。

四十代、六十代の女はわりと物語によく出てくる。四十代はまだ若者の匂いを残していてあがく姿が描けるし、六十代は老人の始まりとして迷ったり苦しんだりする。年金ももらえるようになるがわずかで、その不満を描くこともできる。だけど、五十代は？

五十代女性の「着る服がないんです……」「若い頃の服は似合わなくなるし、ババ臭いのも嫌だし、何を着ていいのかわかりません」などという悩み相談がネットや雑誌にあふれているが、これまた、五十代の女性像のあやふや感とも重なるのではないだろうか。

若い頃と同じようには動けないし、かといって、おばあちゃんにはまだ早い……いや、早いと思いたい。服装の悩みは、そのまま、振る舞い方の悩みに通じる。

いったい、どんな五十代を小説に出したらいいんだろう？　文字通り、お祖母ちゃんの人もいれば、まだ子育てに奮闘している人もいるだろう。管理職としてばりばり働いている人もいるだろうし、最低賃金の仕事をしつつひっそりシングルで暮らしています、あとがないです、という方もかなりいるだろう。

また、今の五十代は、二十代の頃の時代の変遷も激しかった。バブル期に就職ができて一流企業に難なく入れました、という人もいる上の世代と、実はしっかりロスジェネなのに、世間にはバブルだと思われてます……という下の世代では、数年で大きく人生が変わってしまった。

共通点と言ったら、汗をだくだくかくとか、急に指が痛くなったり、寝付けなかったり、些細な不調がやたらとある、そんな更年期の症状くらいだろうか。でも、それをながなが書いてもしかたないしなあ……とため息が出る。

だから、この五十代を読めた時は嬉しかった。こんなふうに生きたい、こんなふうにのんびり生きていいんだというのを見せてもらった気がした。奈津子もノエチもきっと「そんなつもりはない」と言いそうだけど。

作品はまず、「茨城県小美玉市産のキャベツと紅はるか。同じく茨城県産、結城郡のレタスと鉾田市の水菜。北海道からは富良野の人参、美幌町の玉ねぎ、勇払郡のブロッコリー、帯広市のメークイーン」という野菜とその産地の、おいしそうな羅列から始まる。

主人公の一人、桜井奈津子は短大卒のイラストレーターだ。一時はだいぶ羽振りが良かったものの、今は残念ながら年に数点しか依頼がない状態で、ネットで物を売ったり、ご近所のおつかいなどをしたりして糊口《ここう》を凌いでいる。同居していた母親は叔母の介護のため、一年近く田舎に帰っており、ひとり暮らしをしている。

その奈津子が「こだわりの野菜通販サイト」でお得な定期コースに加入していて、ひとり暮らしには持て余しそうな分量の野菜が毎月どっさり届く。

でも奈津子はその処理にあまり困っていない。なぜなら、幼なじみのノエチこと、太田野枝がほぼ毎日のようにやってきて、野菜を持って帰ってくれるからだ。

ノエチはとても勉強ができて大学院まで進んだけど、大学では職を得られず、学内の権力闘争などにも巻き込まれ、現在は非常勤講師の掛け持ちをしている。

二人ともいまひとつ、ぱっとしない現状である。

この宅配野菜のところでまず、「わかる!」と叫び出しそうになった。私も以前、そういう野菜の宅配サービスに入っていて、毎週、無農薬野菜と卵を届けてもらっていた。

うちは二人暮らしだから、それに合ったコースを頼めばいいのだけど、千円ほどを足すだけで「ご家族安心コース」になり、ぐっと品数と分量が増える。

貧乏性の私はどうしても少なめで割高の「お気楽健康コース」にできなくて、多過ぎることがわかっていながら野菜を持て余したものだ。その時、宅配を担当していたお兄さんに、「これ、数ヶ月ほど取っていただくと、身体の調子がはっきり変わるのがわかりますよ」なんて言われたけど、そりゃ、農薬とは関係なく、これだけ大量に野菜を食べて身体の調子がよくならなかったら嘘だよ、とこっそり考えていた。

いや、閑話休題。

このこだわり野菜を二人が食べるシーンがうらやまし過ぎて、最初にこの本を読んだ時、すぐにツイッター（現X）に書いたのもそのことだった。

二〇二二年四月一日

この本に出てくる何もかもが好きだー！

お取り寄せのこだわり野菜、馴染みの喫茶店のモーニング、質素な一汁一菜めし、

そして何より、実家の団地での幼馴染が近くにいる暮らし……

文体も細部も、全部、好きでちょっと困るくらい。
お薦めです！

しかし、これを投稿したあと、私はすぐに気になってしまった。こだわり野菜と書いただけでは、この話のゆったりしたいい雰囲気が伝わらないのではないか⁉　で、すぐに書き加えた。

同じく二〇二二年四月一日
最初に「お取り寄せのこだわり野菜」って書いてしまって、なんだか、意識高い系っぽい話だと思われると困るんだけど、違うのです。それをちょっと持て余して、幼馴染にあげちゃうような、いい感じにゆるゆるした小説です。私も昔、お取り寄せして、使い切れなかったので、気持ちはよくわかる。

これで誤解が解けるんじゃないか、と一瞬、ほっとしたのもつかの間、またすぐに不安になった。

大先輩で敬愛する藤野千夜さんに、褒めているつもりでも「意識高くない」というようなことを書いてしまったがよかったのだろうか。わかっていただけるとは思うけど、失礼だったんじゃないか……どきどきして、この投稿は消したほうがいいかな、と思った時、藤野さんの公式アカウントが「ありがとうございます。意識低い方です」と反応してくださって、どれだけほっとしたか。嬉しかったか。

今は、本当に、あの時、勇気を出してツイートして良かったな、と心から思っている。


お金や老年期に関する小説を書いてしまったせいで、「読者の皆さんは不安なんです」「将来が不安だという言葉をよく聞きます」「どうやったら、未来に希望を持てるでしょうか」ということをよく耳にするようになった。もっと直接的に、「老後の不安から救ってくれる言葉を聞かせてください」というテーマで、インタビューを受けたのも一度や二度ではない。

私自身も勝手に意気込み、「これとこれとこれ、それからこれをやって、これに気をつければ、老後の不安がなくなるということはないまでも、少しは明るさが見えるはずです！　頑張りましょう！」というようなことを言ってきたし、その気持ちを込めて小説を書いたりもしてみた。

だけど、できあがった小説についた感想をSNSで拾っていたら、「なんだか、急にお金のことが心配で不安になってきた」「これまで何もしてこなかったことに気がついた」などという感想に満ちあふれていた。「ちがーう！　私が言いたいこととちがーう！　思ってたのと、ちがーう！」と叫び出したくなった。

そういう不安を持っている方にも『団地のふたり』をお薦めしたいのである。

今後、古い団地や古い一軒家はますます増えていくだろう（その一方で都心のマンションが異常に高くなっているのは謎だが）。築古物件に住んで、気の置けない友達が近くにいたら、フリマアプリやちょっとした手伝いやらをしながらなんとなく生きていけるのではないだろうか、と心配性を煮詰めすぎて、まわりに振りまいている自分でさえ思うのだ。

ただ、一方で私たちもわかっている。こういう人間関係を育てるのは、決して、一筋縄ではいかないことを。

二人がお互いを知り尽くしているという表現がくり返し出てくる。

「だいじょうぶ。ノエチのいいところも悪いところも、私、知ってるから」

もちろん、ノエチも同じことを奈津子に思っているだろう。

それでもなお、一緒にいたい、一緒にいられる、という関係性を育てるためには、いったい、何が必要なのか。この本を読んで今一度、考えてみてもいいかもしれない。それは、きっと投資信託の積立より、老後に必要なことなんだと思う。

最後に近くなって、こんな個人的なことを書いていいのかな、と思うようなことを書きます。

藤野さんが芥川賞を受賞された時、私は北海道の……メークイーンの産地に住んでいた。歩いて行ける場所には書店がないところだ。

まだインターネットがここまで発達していなかったし、主婦の自分にはそれに深くアクセスする手段もなかったが、それでも、さまざまな熱いことが中央で、東京で起きていることは遠い場所からもわかった。

私は生まれて初めて、自分で「文藝春秋」を買って、「夏の約束」や選考委員の言葉を読んだ。そして、勝手にいろいろ考えたり、憤ったりした。でも、当時、そんなことを話せる人はいなかったし、主張できる場所もなかった。ただ、ひっそり、考えていた。

その時から、藤野千夜さんは、私の特別な作家さんだ。

この『団地のふたり』を読んだ時、本当に図々しい思いなのだが、なんだか、団地の中でやっと藤野さんと会えた気がした。

もし団地のおばちゃんたちが、すき間にものが挟まって困っていたら、家具を動かす手配をする前に、自分がこの棒を持ってかけつけてもいい。(中略)「そっか、じゃあ、ふたりでこの棒持って、お助けに行けるね。団地のおばちゃんたちを」

子供の頃、『ライ麦畑でつかまえて』を読んだ時、私も主人公のホールデン・コールフィールドみたいに自由に生きたいなあとものすごくうらやましかった。ナイトクラブに出入りしたり、公園で寝たり。だけど、すでに十代の女性の身体では、いくら治安のいい日本でも危険でできない。それが悔しかった。

でも、今、私たちはこんなキャッチャーになれるのだ。『ライ麦』のキャッチャーが小さな子供たちの転落を防ぐために崖の近くにスタンバっているように、奈津子とノエチは、おばちゃんたちがものを落とした時、キャッチャーになるために、団地で日々、質素な「坊さんめし」を食べながら待っている。

本書はU－NEXTより、二〇二二年三月に
単行本刊行されたものを文庫化しました。

双葉文庫

ふ-22-05

団地《だんち》のふたり

2024年 7月13日　第１刷発行
2024年11月25日　第12刷発行

【著者】
藤野千夜《ふじのちや》

【発行者】
箕浦克史
【発行所】
株式会社双葉社
〒162-8540 東京都新宿区東五軒町3番28号
［電話］03-5261-4818(営業部)　03-5261-4831(編集部)
www.futabasha.co.jp（双葉社の書籍・コミックが買えます）
【印刷所】
大日本印刷株式会社
【製本所】
大日本印刷株式会社
【カバー印刷】
株式会社久栄社
【DTP】
株式会社ビーワークス

【フォーマット・デザイン】
日下潤一

ISBN978-4-575-52765-0 C0193
Printed in Japan